어머니의
실크로드

* 이 도서의 국립중앙도서관 출판시도서목록(CIP)은 서지정보유통지원시스템 홈페이지(http://seoji.nl.go.
kr)와 국가자료공동목록시스템(http://www.nl.go.kr/kolisnet)에서 이용하실 수 있습니다. (CIP제어번호
: CIP2013027982)

어머니의
실크로드

세상에서 가장 눈물겹고 따뜻한 길

사진·글 최병관

여는 글

땅속에서 무얼 하실까?

며칠 전 이삿짐을 정리하다 왈칵 치밀어 오르는 눈물을 참아
내려고 무척이나 애를 먹었다. 그토록 고통스럽게 병치레를 하다가 세상을 떠나시
면서 남긴 어머니의 손때 묻은 유품 때문이었다. 어머니의 시신을 차가운 땅속에
묻고 나서 생전에 사용하시던 물건들을 모두 태울 때, 형제들 몰래 주섬주섬 주워
보관해 두었던 것들이다. 어머니의 흔적을 모두 없애 버리면 더 큰 죄인이 될 것 같
아서였다. 물론 그 물건들은 값이 나가는 것도 아니고 꼭 보관해야 할 만한 귀중품
도 아니었다.

일상이 분주한 탓도 있었겠지만 사람의 마음이란 편리함을 따라서 시시때때로
변하는 것 같다. 그토록 소중하게만 여겨졌던 어머니의 흔적들이 세월이 지날수록
퇴색해 가자 결국 박스에 담아서 한 귀퉁이에 처박아 두었던 것이다. 이사를 가면
버려야 할 목록 중에 어김없이 적혀 있는 애물단지였다. 그런데 새로 이사 간 집에
서만큼은 마음을 고쳐먹고 눈만 뜨면 볼 수 있는 장소에 정리해 놓았다. 막내딸이
사다 드린 손때 묻은 효자손, 십 원짜리 동전 몇 개 들어 있는 검정 천으로 만든 조
그만 동전주머니, 동사무소에서 버스표 구입용으로 삼 개월마다 18,000원씩 보내
오는 돈을 찾을 때 사용하시던 나무도장과 '0'자가 찍힌 저금통장, 청년들도 운반
하기 힘들 만큼 큰 보따리를 몇 개씩 이고 들고 막내딸을 보러 캐나다로 가기 위해
만들었던 여권, 서랍에 늘 보관해 두셨던 예리한 은장도, 다듬이 방망이 한 개, 누덕
누덕 꿰맨 키, 참빗, 뒤틀린 체가 전부다.

이 물건들을 하나하나 정리하면서 지난날을 되돌아볼 수 있는 여유를 갖게 되었고, 어머니의 세상 살아가는 방법과 깊은 은혜를 새삼 깨닫게 되었으니 특별한 선물을 받은 셈이다.

찢어지게 가난했던 시절, 어머니는 감당하기 힘든 노동과 자식 뒷바라지에 뼈를 깎는 아픔을 겪으셔야 했다. 손과 발이 찢어지도록 동트기 전부터 달이 환하게 떠오를 때까지 오직 일밖에 모르셨다. 게다가 어머니 나이 마흔네 살에 어린 자식들을 남겨 놓고 아버지는 훌쩍 세상을 떠나셨다. 그런데도 어머니는 그토록 모질게 세상을 살아가면서 아버지를 원망하거나 당신의 팔자를 탓하는 소리를 한 번도 하신 적이 없다.

모진 삶 앞에서 무너지지 않고 늘 당당하게 살아오신 어머니, 죽음이 코앞에 다가온 당신을 선뜻 모셔 가기를 주저했던 못난 자식들에게 끝까지 사랑을 버리지 않으셨던 어머니, 힘겹게 할딱거리며 들릴 듯 말 듯한 소리로 죽어서도 자식 잘되게 해주시겠다던 내 어머니…….

"내가 죽으면 까치가 되어 네가 사는 집 창문 앞에 와서 울 것이다. 그 까치가 어미인 줄 알고 창문을 열어 놓거라."

늘 바쁘다는 핑계로 어머니의 그토록 큰 사랑을 쉽게 잊어버렸던 지난날들이 서럽고 죄스럽기만 하다. 어머니는 지금 차디찬 땅속에서 무얼 하고 계실까? 어머니와 꿈속에서라도 다시 한 번 농담을 주고받을 수 있다면, 다시 한 번 사진 찍어 언제 돈 벌어 올 거냐는 야단을 들을 수만 있다면…….

어머니가 너무나 보고 싶어 오늘도 나는 카메라를 챙겨 어머니의 실크로드를 찾아 나선다.

차례

여는 글
땅속에서 무얼 하실까?

1장
어머니의 실크로드

2장
"혼자 걷지 마세요, 어머니"

3장
"당신이 그립습니다, 어머니"

어머니는 곤쟁이젓을 담은 무거운 바구니를 이고 마을 앞 수인선 철길을 따라 쉬지 않고 걷고 또 걸으셨다. 집집마다 대문을 두드리며 "젓갈 사세요" 외치는 어머니의 목소리가 오랜 세월이 지났는데도 여전히 귓가에 맴돈다. 그 외침은 어머니의 처절한 삶의 몸부림이요 자식들의 생명줄이었다.

해뜨기 전에 집을 나선 어머니는 컴컴한 밤에만 슬프게 울어대는 소쩍새 울음소리가 들려야 집에 돌아오셨다. 소쩍새가 울기 시작하면 나는 옷을 주섬주섬 입고 어머니 마중을 나갔다. 소쩍새는 어머니의 안내원이었다. 그래서 나는 소쩍새를 유난히 좋아했다.

나는 언제부터인가 어머니가 걸어 걸어 장사 다니시던 길을 '어머니의 실크로드'라고 부르는 데 주저하지 않았다. 그 길을 찾아다니며 미친 듯이 사진을 찍기 시작했다. 그것이 어머니를 추억할 수 있는 최선의 방법이라고 생각했기 때문이다.

1장.

어머니의
실크로드

어머니의
다리

        카메라 가방을 둘러메고 밤새 내린 하얀 눈을 사박사박 밟으며 '어머니의 다리'를 향해 걷는다. 눈은 아주 옛날부터 지금까지 어느 하늘 아래서건 오직 백색의 절개를 지키고 있다. 그래서 많은 사람들이, 하물며 고향의 강아지도 하얀 눈을 좋아하는 게 아닐까. 길가에는 내 키보다 더 큰 억새풀이 찬바람에 서로 몸을 비비며 울고 있다. 억새풀을 바라보며 걷는 나도 춥기는 마찬가지다. 그런데 억새풀은 왜 겨울에 더욱 외롭고 쓸쓸해 보일까.

    지난 가을까지만 해도 어수선했던 자연을 겨울이 찾아와 시원스럽게 정리를 해 주었다. 나무에게는 덕지덕지 달라붙은 잎사귀를 털게 해서 알몸으로 얼어붙은 긴 겨울에 살아가는 법을 가르친다. 나무에 있는 수분이 얼면 동사하기 때문에 일정량을 땅속 깊이 뿌리내린 곳으로 내려보내 저장했다가 봄이 되면 다시 온몸으로 끌어올려 싹을 틔우게 한다. 발가벗고 오들오들 떨고 있는 풀숲을 하얀 눈이 내려와 포근하게 덮어 주었다. 이렇게 계절과 자연은 공존하고 있다.

    소래에서 시흥시 포동으로 이어진 다리를 나는 '어머니의 다리'로 부르고 있다. 어머니는 일곱 자식을 먹여 살리기 위해 가녀린 목으로 무겁고 큰 바구니를 힘겹게

매서운 겨울바람을 헤치고 어머니는 부인교를 건너 장사를 다니셨다.

지탱하며 걷고 또 걸으며 다리를 건너다니셨다. 오랜 세월 어머니가 장사 다니시던, 삶의 고단함과 애절함이 녹아 있는 그 다리를 카메라 렌즈를 통해서 바라볼 때마다 가슴이 저려 온다. 보온이 잘된다는 값비싼 옷을 입고 사진을 찍어도 차가운 겨울 바닷바람이 스며들어 추울 때가 있다. 그런데 가난한 시절의 겨울바람은 더 차갑게 어머니의 옷깃을 여미게 했을 텐데, 부실하게 차려입은 가슴으로 매몰차게 스며들었을 바람을 어떻게 이겨 내셨을까.

'어머니의 다리' 아래로 넓게 펼쳐진 갯벌에는 늦가을까지만 해도 빨간 칠면초

소염교. 어머니 없이 나 혼자 바라보는 다리는 외롭고 쓸쓸하다.

가 고운 색을 자랑했으나 심술궂은 겨울이 회색 옷으로 갈아입혔다. 왼쪽으로 광활
하게 펼쳐진 갈대숲은 태양을 품에 안고 눈부신 금빛을 쏟아낸다. 지난 가을까지만
해도 자태를 뽐내던 갈대는 발가벗은 채로 개개비에게 떠나지 말고 함께 살자고 어
석어석 울며 애원한다. 갯병아리, 종달새 친구들이 모두 떠난 이 추운 겨울 개개비
는 홀로 남은 갈대의 애원을 져버릴 수 없어 친구가 되었다.

　바닷물이 밀려와 그 위에 다리를 만들고, 그 다리 위를 오랜 세월 사람들이 건너
오고 건너갔다. 그런데 어느 날엔가 세월이 그 다리를 동강내 사람들 모습을 볼 수

없게 되었다. 다리가 사라진 후 어머니마저 하늘나라로 훌쩍 떠나셨다. 몇 해가 지난 후 새롭게 놓인 '어머니의 다리'는 내 사진 주제에서 빠질 수 없는 곳이 되었다. 왠지 어머니가 떠난 다리는 외롭고 쓸쓸하다. 그 다리를 향해 가는 날은 고단하게 살아오신 어머니의 흔적을 보는 것 같아 때로는 숙연해지기도 한다. 눈이 올 때나 비가 억수같이 쏟아질 때나 다리를 건너다니신 어머니처럼 나는 카메라 가방을 둘러메고 '어머니의 다리'를 향해 걷고 또 걷는다.

포동 가는
길

포동은 시흥군이 시로 승격되면서 포리가 포동으로 바뀐 것이다. 마을 앞으로 소래염전과 저수지, 바닷물이 밀려오는 갯골이 바라보이는 작은 마을이었다. 마을 사람들은 한 시간여를 소래역까지 걸어와서 기차와 버스를 타고 인천 시내를 오갔다. 학생들도 마찬가지였다. 포동으로 가는 길은 오직 소래에서 염전 둑길을 따라 두 개의 다리인 '소염교'와 '부인교'를 건너는 길밖에 없었다.

어머니는 바구니에 그날 팔 물건을 가득 담아 머리에 이고 걸어서 이곳을 다니셨다. 교통이 불편하고 외진 곳이어서 이것저것 물건을 파는 데 수월했기 때문이다. 우리 집에서 그곳까지는 빈 몸으로 걸어가는 데도 두 시간 정도가 걸리는데 그 무거운 바구니를 이고 걸어가는 어머니를 볼 때마다 곡예사 같다는 생각이 들었다. 때로는 팔러 간 물건을 잡곡과 교환해 오실 때도 있기 때문에 갈 때나 올 때나 바구니가 무겁기는 매한가지였다. 어머니가 집으로 돌아오시는 시간은 항상 해가 소래 철교 너머에 걸려 있을 때쯤이었다.

같은 어머니 배에서 나온 자식들이건만 나는 유난히 허약했으며 생긴 것도 형들보다 못난 편이었다. 그런데도 아버지는 유독 나에게 감당하기 힘겨운 일을 닥치는

포동 가는 길 위에 서면 어머니의 뒷모습이 보이는 듯하다.

대로 시키셨다. 호랑이보다 무서운 아버지 말씀을 거역한다는 것은 당시 나로서는
상상조차 할 수 없었다.

어른들도 힘겨운 가래질, 논매기, 보리밭에 거름 주기, 보리 베기, 벼 베기, 절구
통에 보리묶음을 패대기쳐 보리 털기, 콩밭 매기, 소꼴 베기, 나무하기, 수수 베기,
콩 털기, 다리로 밟아서 돌아가는 원통에 벼 털기, 수수뿌리 캐기, 고구마 캐기, 감
자 캐기, 아버지와 소래 바다에 나가 곤쟁이 잡기, 겨울에는 새벽 교회당 종소리가
울릴 때 일어나 개똥 줍기 등등. 이 세상의 모든 일은 다 해본 듯하다.

힘겹던 시절, 어머니는 무슨 생각을 하며 이 길을 걸으셨을까?

　나는 가끔씩 내가 다리 밑에서 주워 온 자식이라 아버지가 나에게 온갖 힘겨운 일을 시키는 거라고 생각했다. 난 아버지가 너무 무섭고 싫었다.

　눈이 펑펑 날리는 어느 날 포동으로 장사하러 가신 어머니를 마중하러 갔다. 부인교 밑으로는 바닷물이 밀려왔다. 갯골 양옆으로는 큼직한 얼음장이 여기저기 널려 있었다. 겨울이 그만큼 춥다는 증거였다.

　다리 난간에 걸터앉아 오늘만큼은 어머니에게 꼭 확인해 보고 싶은 말을 해야겠다고 결심했다. 마침 어머니가 빈 바구니를 들고 내 옆에 앉으시더니 두 손을 꼭 잡아 주셨다.

"엄마, 나 다리 밑에서 주워 왔지?"

"누가 그런 말을 하던?"

"엄마도 알다시피 아버지가 나한테만 힘든 일을 시키고, 난 형들보다 못났잖아."

어머니는 날 두 손으로 감싸안으며 외할머니에게 물어보라고 하셨다. 그 말씀은 어머니 배에서 나온 자식이라는 뜻이었다. 나는 어머니가 좋아하는 노래를 휘파람으로 신명 나게 불었다.

난 포동 가는 길을 영원히 잊을 수가 없다.

꽃길

       길은 삶이고 생명이며 역사의 흔적이다. 오랜 세월 동안 사람들은 제각각 다른 길을 걸어가고 있다. 그 길 중에는 가시덤불길, 험준한 오르막길, 내리막길, 하늘길, 바닷길, 철길, 꽃길 등 수많은 길이 있다. 그 많은 길 중에서도 꽃길은 사람의 마음을 한결 즐겁게 해준다. 그 중에서도 코스모스가 하늘거리는 가을길은 단연 으뜸이다. 가녀리고 해맑은 코스모스는 가을이면 어김없이 찾아와 마음이 병들고 찌든 사람들에게 상큼한 바람과 향기를 선물한다. 뼛속까지 스며드는 그 신선한 바람 속에는 은은한 향기가 가득하다. 그래서 코스모스가 하늘거리는 길을 걸을 수 있다는 것은 큰 축복이다.

       어머니는 차갑게 식어 버린 죽 한 그릇으로 끼니를 때우고는 허리띠를 질끈 동여매고 머리에 무거운 짐을 이고 황톳길을 걸어 걸어 장사를 다니셨다. 그러나 어머니가 그토록 질기게 걸어오신 그 길은 세월이 지나면서 흔적 없이 사라졌다. 생전에 어머니는 돌아서 가는 먼 길인데도 굳이 꽃길을 좋아하셨다.

       철없던 나는 왜 바보처럼 시간도 더 걸리고 힘들게 먼 길을 돌아다니시는지 알 수가 없었다. 그 궁금증은 어머니가 하늘나라로 떠나신 후에야 알게 되었다. 그래

서 나는 어머니의 길을 찾아 미친 듯이 사진을 찍어 왔는데 특히 꽃길과 황톳길을 찾아다녔다. 꽃길 중에서도 코스모스 길은 어머니의 길이라고 생각했다. 그래서일까. 코스모스 길을 걸을 때는 이 세상 부러울 게 없다.

갯벌 은행

　　우리 마을 앞으로는 수인선 기찻길이 휘어져 있고 그 너머에
는 넓은 갯벌이 펼쳐져 있었다. 가을이면 나문재(칠면초)가 붉은색으로 물든 갯벌
은 어느 곳에서도 볼 수 없는 그림 같은 풍경이었다.

　　갯벌은 오랜 세월 동안 아무 조건 없이 고향 사람들에게 많은 것을 주었다. 봄에
발갛게 솟아나는 나문재는 어머니의 단골 돈벌이가 되었다. 바늘만큼 가는 나문재
를 바닷물이 밀려오기 전까지 하나하나 뽑다 보면 한 자루가 되었다. 가끔씩 어머
니를 따라가서 허리 굽혀 나문재를 뽑다가는 이내 갯벌 밖으로 나가 둑에 앉아 어
머니를 기다렸다.

　　바닷물이 밀려올 때쯤에서야 어머니는 한 자루를 머리에 이고 집으로 향했다.
철없는 어린 나는 이 세상 모든 어머니는 일 년 열두 달 엎드려 일을 해도 허리가
안 아프게 특별한 신체 조건을 갖추고 있다고 생각했다. 들일이건 갯벌 일이건 하
루 종일 일을 하고 나면 가끔씩 빨간 코피를 흘리기는 하셔도 허리 아프다는 말씀
을 하신 적이 없기 때문이다. 그렇게 뽑아 온 나문재를 살짝 삶아서 고추장과 들기
름을 넣어 버무려 이른 아침 소래역에서 기차를 타고 수인역 장터로 팔러 가셨다.

갯벌은 고향 사람들에게 삶의 터전이었다.

　　돈이 될 만한 것은 모두 팔아서 자식들 학교에 월사금을 내기 위해서였다. 소래 역에서 수인역 장터까지는 기차로 왕복 두 시간이 넘게 걸렸다. 이른 아침 바구니를 이고 첫 기차를 타고 장터로 가신 어머니는 해가 오봉산 너머로 숨은 뒤에야 돌아오셨다. 어머니는 곧바로 부엌의 부뚜막에 앉아 냉수 한 사발을 벌컥벌컥 들이켜고는 배추김치 서너 쪽으로 허기를 달래셨다. 그때는 어머니가 얼마나 배가 고프실까 단 한 번도 생각해 본 적이 없었다.

　　서울 양반집 외동딸로 태어나 소래 깡촌으로 시집을 온 어머니는 이 세상 못하는

가을이면 갯벌은 나문재로 붉게 물들었다.

일이 없으셨다. 그래서 나는 서울 여자들은 모두 일을 잘하는 것으로 생각했다. 나도 이다음에 커서 일 잘하는 서울 여자를 색시로 삼아야겠다고 생각했다.

단오절 밤에는 긴 철사줄에 솜을 칭칭 감고 깡통에 석유를 담아 큼직한 양은 물통을 들고는 동녘마을 앞 갯벌로 향했다. 사방이 깜깜해지면 솜방망이를 석유통에 넣었다가 꺼낸 후 불을 붙이면 사방이 환해졌다. 그러면 방게들이 깊은 구멍에 숨어 있다가 나와서 여기저기 기어다니다 나문재에 올라가 그네를 탔다. 이 덕분에 방게를 쉽게 잡을 수 있었다. 잡은 방게를 시장에 내다 팔면 돈이 되기 때문에 주로 가난한 집 사람들이 대부분이었다. 단오절 밤 깜깜한 갯벌에 솜방망이 불꽃이 이리 저리 움직이는 것을 아이들은 도깨비불이라고 했다.

하지만 이제 산뒤마을 앞 갯벌과 동녘마을 앞 갯벌은 눈 깜짝할 사이에 콘크리트 숲으로 덮여 사라져 버렸다. 고향 사람들의 허기를 달래 주던 수많은 갯벌의 생명체들이 몰살된 것이다. 그뿐만이 아니다. 어머니의 고단한 삶이 배어 있는 곳들이 흔적 없이 사라졌다. 그 넓은 갯벌에 가득 밀려왔던 바닷물은 모두 어디로 갔는지 신기하다. 예나 지금이나 하루에 두 번 어김없이 밀려오는 바닷물만큼은 변함이 없는데 말이다.

조개 까기
선수

어린 시절 소래포구는 내게 청정하고 한적한 꿈결 같은 놀이
터였다. 발가벗고 작은 고추를 달랑거리며 흙투성이가 되어 뛰어놀아도 부끄럽
거나 어느 누구의 눈치도 볼 필요가 없었다. 바닷물이 밀려가고 나면 철교 밑으로
넓은 모래밭이 펼쳐져 있었다. 모래밭에는 아주 작은 조개가 무수히 깔려 있었다.
고향 사람들은 그 조개를 '고년조개' 또는 '싸죽'이라고 불렀다. 모래밭이 드러나
자마자 동네 아주머니들과 아이들은 조개를 잡기 시작했다. 물이 밀려올 때까지 한
자루씩 잡은 조개는 껍질째 삶아 먹기도 하고 칼국수에 넣어서도 먹는데 그 맛이
일품이었다. 또한 칼로 껍질을 간 조갯살을 소금에 절여 시장에 내다 팔기도 했다.

어머니는 작고 매끄러운 고년조개를 신기하리만치 잘 까셨다. 옆에 앉아서 지켜
보노라면 절로 흥이 났다. 나는 어머니가 부지런히 조개를 까서 시장에 내다 팔아
밀린 월사금을 줄 것을 은근히 기대했다. 그래서 조개 까는 칼을 열심히 만들어 드
렸다. 나는 칼 만들기 선수였다. 그 비결은 마을 앞 수인선 철길 위를 하루 세 번 기
차가 빽빽거리며 오가는 데 있었다. 기차가 오는 시간을 기억해 두었다가 대못 네
개를 들고 철길로 달려가서 먼저 기찻길 위에다 귀를 대고 기차가 어디쯤 오나 확

인한다. 기차가 가깝게 다가오면 덜그렁덜그렁 하는 소리가 난다. 그러면 대못을 잽싸게 기찻길 양쪽에 두 개씩 올려놓고 숨어서 기차가 지나가기만을 기다린다. 그렇게 기차가 지나가고 나면 그 큰 대못이 납작해진다. 그렇게 두 번을 반복해서 눌린 다음 집에 돌아와 망치로 더 납작하게 때린 후, 낫을 가는 숫돌에 날이 설 때까지 갈아서 소나무로 손잡이를 매끄럽게 만들어 어머니에게 드리면 끝난다. 칼을 받아든 어머니는 흐뭇해하시며 동네 아주머니들에게 자랑을 하셨다.

다른 아이들은 기찻길 한쪽에만 대못 두 개를 올려놓았다. 그런데 나는 양쪽에 꼭 두 개씩 올려놓았다. 한쪽 기찻길에만 대못을 올려놓았다가는 혹시라도 기차가 중심을 잃고 쓰러져 큰 사고가 날 것 같아서였다.

어느 날 동네 형과 함께 칼을 만들기 위해 기찻길로 갔다. 나는 그 형에게 양쪽 기찻길에 똑같이 올려놓아야 한다고 말했다. 그 형은 내 얘기가 끝나기가 무섭게 나를 노려보며 쏘아댔다.

"머저리 같은 놈, 네가 나를 가르치냐? 쇠로 만든 그 크고 무거운 기차가 장난감 기차인 줄 아는 모양인데, 못 두 개 때문에 쓰러졌다는 소리는 한 번도 들어 보질 못했다."

어린 나는 분하고 원통했다. 그러나 체격이 황소만 한 형에게 몸으로 달려들기는 겁이 났다.

"형, 사고를 미리 방지하는 뜻에서 못을 양쪽으로 올려놓는 것이 더 안전하다고 생각해. 지금까지는 운 좋게 넘어갔을지 모르지만 우리 엄니가 타고 계실 때 사고라도 나면 형이 책임질 수 있어? 형은 아부지와 엄니가 모두 계시지만, 난 아부지가 안 계시는데 엄니까지 죽어 봐."

오래전 이야기건만 세월이 지날수록 지워지지 않고 새록새록 떠오른다. 소래포구는 문명이 많은 것을 변화시켰다. 통통거리며 들어오던 작은 배는 크기도 갑절이나 커졌으며 그 수도 엄청나게 늘어났다. 철교 아래 모래밭에 지천으로 깔려 있

소래포구는 동네 사람들에게 금빛으로 반짝이는 보물창고 같은 곳이었다.

던 조개와 쉽게 잡히던 참게는 이제 흔적 없이 사라졌다. 인심이 넘쳐났던 포구 사람들은 삭막하게 변했다. 한적했던 포구는 사람들로 뒤엉켜 아수라장이 되었다. 한가지 변하지 않은 것은 오직 하루에 두 번 어김없이 들어오고 나가는 바닷물이다. 그 아릿한 추억의 흔적조차 찾아볼 수 없을 만큼 변해 버린 소래포구, 그러나 그곳에 가면 수많은 사람들의 천차만별한 삶의 표정과 생동감을 느낄 수 있는 또 다른 세상을 볼 수 있다는 것으로 위로를 삼는다.

공포의
소래철교

소래철교는 하늘에 떠 있는 쇠줄과도 같았다. 빈 몸으로도 건너기 힘든 소래철교를 어머니는 곤쟁이젓갈을 가득 담은 그 무거운 바구니를 머리에 이고도 곡예사처럼 다리를 건너다니셨다. 다리 밑으로는 밀물과 썰물 때 바닷물이 빙빙 돌면서 빠르게 흘러갔다. 철교 아래를 내려다보면 현기증과 공포감으로 다리를 건너기가 쉽지 않았다. 게다가 그 다리에 처녀귀신이 있다는 이야기를 어릴 때부터 들어왔기에 나는 무서워서 한 번도 건너지 못했다.

소래철교를 건너 삼십여 분을 걸어가면 아주 작은 달월 간이역이 있었다. 그곳에서 어머니는 잠시 쉬었다가 철길을 따라 걸어 군자역을 지나 염전 둑을 따라 쉼없이 걸어가셨다. 오이도까지 걸어가면서 장사를 다니신 것이다. 빈 몸으로도 몇 시간을 걸어가야 하는 먼거리였다.

나는 가끔씩 어머니 마중을 나갔다. 철교를 건너기 전에 작은 돌산인 댕구산에 올라가 어머니가 돌아오실 시간에 맞춰 달월역 쪽에 시선을 고정시켰다. 바람이 몹시 불어 포구의 배들이 삐걱대며 소리를 냈다. 갈매기는 그날따라 한 마리도 보이지 않았다. 주위가 캄캄했다. 그런데 어머니 모습이 보이지 않았다. 나는 겁이 덜컥 났다. 어머니가 다리를 건너실 때만큼은 바람을 멈추게 해달라고 절까지 해가면서 손바닥이 뜨겁도록 빌었다. 그러나 바람은 멈추지 않았다. 뱃고동 소리가 멀리서 애절하게 들려왔다. 나는 다리를 건너기로 작정하고 한 발짝 두 발짝 발을 옮겼다. 그러나 세 발짝을 떼기도 전에 무서워서 되돌아왔다.

얼마 후 철교 끝에서 어머니가 바구니를 이고 힘없이 걸어오셨다. 그런데 바람은 더욱 세게 불었다. 어머니는 창백한 얼굴로 다리를 건너오자마자 철길에 주저앉아 숨을 몰아쉰 다음 바구니에서 시루떡 한 조각을 내게 건네주셨다. 나는 날름 받아 단숨에 먹어 버렸다. 어머니는 나를 바라보기만 하셨다. 어느 집에서 고사떡 받으신 걸 입에 넣어 보지도 못하고 철없는 자식 배만 채워 준 꼴이었다.

"엄니는 밧줄 타는 곡예사보다 더 훌륭해. 언제 또 떡 얻어 올 거야?"

"그렇게 맛있니?"

"그럼 엄니는 떡을 싫어해?"

"그래. 떡과 고기 같은 걸 먹으면 배가 아파."

"근데 난 왜 배가 안 아프고 떡만 먹으면 오히려 기운이 날까?"

"너도 이담에 장가가서 아이 낳아 키울 때면 배가 아플 거야."

하지만 떡과 고기를 먹으면 배가 아프다는 어머니의 말뜻을 비로소 알게 되었을 때, 어머니는 이 세상에 안 계셨다.

삶은 쇠줄 같아서 새벽부터 파고드는 겨울바람을 등지고
이곳의 어머니들은 생선을 다듬고 또 다듬었다.

인내와
요령

산뒤마을에서 동쪽으로 삼십여 분을 걸어가면 동녘마을을 지나 염전 가는 4호 다리가 있었다. 시흥 뱀내장터로 가려면 꼭 4호 다리를 건너야 했다. 염전으로 일하러 가는 사람들은 모두 그 다리를 건너다녔다. 갯골의 폭이 칠십여 미터로 바닷물이 밀려올 때면 물고기들이 바닷물을 따라 수없이 올라왔다. 그곳은 고향 아이들의 놀이터요, 자연이 만들어 놓은 평생 무료 수영장이었다.

나는 어머니를 따라 종종 나문재를 뽑으러 갔다. 시장에 내다 팔면 돈이 되기 때문에 나문재가 솟아나는 봄이면 한 자루씩 뽑아 왔다. 자루가 채워지기가 무섭게 어머니는 허벅지까지 빠지는 갯골에서 게 구멍에 깊숙이 손을 넣어 방게를 잡으셨다. 나문재와 방게는 자식들의 월사금 내는 데 효자 노릇을 했다. 물론 게를 잡는 일은 무척 힘이 들었다. 게를 잡으러 가는 날에는 보릿겨를 체로 걸러 소다와 당원을 넣고 찐 누런 보리개떡이 점심이었다. 요즘 세상에는 개도 먹지 않을 보릿겨로 만든 떡이 그때는 별미였다.

어머니는 내게 게 잡는 요령을 가르쳐 주지 않으셨다. 어머니 옆에서 흙이 범벅이 되어 게 구멍에 손을 넣다가는 게에게 물리기 일쑤였다. 내 손에는 쉽게 게가 잡

염전으로 일하러 가는 사람들은 모두 이 다리를 건너야 했다.

히지 않았다. 어머니가 말씀하셨다.

"넌 모든 걸 쉽게 얻으려고만 하지. 하찮은 게잡이도 인내와 요령을 배워야 한다는 걸 먼저 알아야 해. 그리고 부지런해야 남보다 더 많은 게를 잡을 수 있어."

"엄니도 처음부터 게를 잘 잡은 건 아니잖아요."

"당연하지. 무슨 일이건 우습게 생각하지 말라는 뜻이야."

별 기술도 아닌, 게 잡는 것을 가르쳐 주지 않는 어머니가 조금은 섭섭했다.

"엄니, 그깟 게 잡는 방법을 안 가르쳐 주는 이유가 뭐예요?"

"사내놈이 흙투성이가 되어 에미 뒤꽁무니나 따라다니는 꼴을 보기 싫어서 그런다. 앞으로 당최 갯골에 올 때는 따라오지 말거라."

하지만 난 그 이후로 어머니 몰래 깡통을 들고 갯골에 가서 방게 잡는 법을 부지런히 익혔다. 한 계절이 지날 무렵 나는 게 잡는 선수가 되었다. 겨울이 지날 무렵 게들은 깊은 땅속에서 나올 준비를 한다. 삽으로 게 구멍을 정확히 찾아 일 미터 정도 되는 굵은 철사 끝을 구부려서 만든 도구로 깊은 곳에 숨어 있는 게를 정확히 잡아 올렸다. 동네 어른들이 내가 잡아 올리는 걸 신기한 눈으로 바라보았다. 한 깡통을 수북이 잡아 오는 날 어머니는 사기그릇에 감자가 섞인 밥을 수북이 담아 주셨다.

뱀내장터와
선짓국

　　전봇대가 일렬로 서 있는 염전길을 따라 어머니는 시흥 뱀내
장터로 가끔씩 물건을 팔러 가셨다. 어느 날 어머니처럼 무거운 바구니를 머리에
이어 보았다. 그러나 목이 부러질 것 같고 휘청거려 중심을 잡지 못하고 내려놓았
다. 그런데 어머니는 어떻게 그 무거운 짐을 머리에 이고 오랜 시간을 걸어 다니시
는지 궁금한 게 한두 가지가 아니었다. 집에서 뱀내장터까지는 빈 몸으로 걸어도
두 시간이 넘게 걸렸다.

　　어느 날 어머니 뒤를 졸졸 따라가면서 어머니의 묘기가 어떤 것인지 세세히 관찰
했다. 어머니는 가끔씩 손을 바꿔 가면서 한 손으로 바구니를 잡고 걸어가셨다. 무
거운 바구니는 머리 위에서 조금도 흔들리지 않았다. 한 시간쯤 지나자 나를 부르셨
다. 앞에서 바구니를 잡으라고 하셨다. 나는 키가 작아서 어머니가 어느 정도 내릴
때 바구니를 잡을 수 있었다. 그런데 바구니가 여간 무거운 게 아니었다.

　　"엄니, 서울에서는 바구니 이고 다니는 걸 가르쳐 주는 학교가 있어?"

　　"사내놈이 그건 알아서 뭘 하려고?"

　　"엄니가 신기해서."

어머니는 뱀내장터에 도착하도록 그 비법을 말씀하지 않으셨다. 나는 장터 한 모퉁이에서 어머니가 물건을 빨리 팔기를 기다렸다. 어미 소와 송아지, 사람들이 뒤범벅이 되어 장터는 시끄럽고 어지러웠다. 티격태격 돈을 들고 싸우는 사람, 소를 이리저리 만져 보며 흥정하는 사람, 팔려 나온 소들은 큰 눈을 껌벅거리며 새 주인을 기다리는 모습들이 하나같이 불쌍해 보였다. 장터에 나온 소들은 대부분 팔려 나가 새 집으로 끌려간다. 그렇게 팔려가서 죽도록 매 맞으며 일만 하다가 도살장으로 끌려갈 때도 소들은 주먹만 한 눈물만 흘린다.

어머니는 물건을 모두 일찌감치 팔았는지 기분이 좋아서 날 부르셨다. 그토록 먹고 싶어 했던 선짓국 집으로 들어갔다. 소 팔러 온 사람들이 막걸리를 마시면서 이야기를 주고받았다. 선짓국 맛은 임금님의 수랏상에 올리는 음식보다 더 맛이 있을 거라고 생각했다. 어머니는 내 그릇에 선지를 수북이 덜어 주셨다. 그러다 보니 어머니 국은 반으로 줄었다. 장사는 어머니가 하고 맛있는 것은 내가 더 많이 먹은 셈이다.

머리가 복잡하고 무거울 때 소래포구를 한 바퀴 돌고 나면 신기하게 정신이 맑아진다.

소래포구로
가는 길

　　내 작업실에서 포구로 가는 길은 두 곳이 있다. 새롭게 뚫린 넓은 길과, 비가 오나 눈이 오나 옛날부터 그 자리에 있던 비좁고 휘어진 길이다. 그 길은 고향 사람들의 수많은 발자국과 이야기가 남아 있기 때문에 정감이 넘쳐난다. 또한 길옆으로는 아직도 남아 있는 골목길과 허름한 집들이 고단하게 살아온 사람들의 흔적을 보여 준다. 그 고단한 삶 속에서도 인정이 넘쳐났던 모습이 아른거려 발걸음을 멈추게 한다. 게다가 머리가 복잡하고 무거울 때 소래포구를 한 바퀴 돌고 나면 신기하게 정신이 맑아진다. 그래서 오랜 세월 동안 뻔질나게 포구를 찾아 미친 듯이 사진을 찍어 왔다.

　　골목길에서 철없이 뛰놀던 아이들은 하나둘 도시로 떠났다. 소풍 갈 여비가 없어서 못 간 아이들은 하늘나라로 소풍을 떠난 후 지금까지 돌아오지 않고 있다. 아이들 모습이 사라진 골목길은 개 짖는 소리만 들릴 뿐 적막감이 감돈다. 주위에는 온통 하늘로 치솟은 콘크리트 숲이 무섭게 포위해 오고 있다. 몇 채 안 남은 골목길의 허름한 집들은 외롭고 힘겹게 지탱하고 있다. 큼직한 자물쇠로 잠긴 녹슨 철 대문 옆에는 세상을 떠난 지 오래된 분의 문패가 그대로 걸려 있다.

꼬부랑 할머니가 애호박 하나를 들고 기우뚱거리며 걸어오셨다. 그토록 곱고 마음씨 고왔던 그 아주머니가 할머니가 된 것이다. 나는 할머니에게서 먼 옛날의 예쁜 모습을 떠올려 보았다. 그러나 그 모습은 어디에서도 찾아볼 수 없었으며 세찬 파도와 싸우면서 고기잡이를 해온 어부의 강인한 모습처럼 세월이 묻어 있었다. 꼬부랑 할머니의 손을 잡았다. 비록 거칠고 굳은살이 박혀 있었으나 따뜻한 고향의 체온이 불규칙하게 쿵쿵거리던 내 가슴을 진정시켜 주었다.

"할머니, 저 누군지 아시겠어요? 산 뒤 봉이 김 선달 막내아들."

할머니는 구리철사를 펴듯이 꼬부라진 허리를 서서히 편 후 내 얼굴을 쳐다보셨다. 그런데 할머니의 얼굴이 굳어 있었다.

"내 아들 준상이 친구 맞지? 골목길에서 계집애들이 고무줄놀이 하는 걸 잘라 놓고는, 놀리다가 도망간 그 애지?"

나는 대답할 수가 없었다. 그때 고무줄 사건으로 어른들 싸움까지 불러와 온 동네가 시끄러웠기 때문에 지금까지도 생생하게 기억하고 있다. 정작 고무줄을 끊어 놓고 계집애 치마를 올리면서 놀리고 도망간 아이는 준상이인데 엉뚱하게 멱살을 붙잡혀 파출소로 끌려간 것은 나였다. 그 사건으로 애꿎은 아버지와 어머니가 파출소로 불려가 새파란 젊은 순경에게 애 교육 잘 시키라는 엄한 훈계를 받고 풀려난 잊지 못할 사건이었다. 그 사건의 주인공인 준상이는 일찌감치 하늘나라로 떠나서 지금까지 깜깜무소식이다.

그토록 예쁘고 마음씨 곱던 준상이 어머니도 가는 세월을 붙잡아 둘 수는 없었나 보다. 세월이 아주머니에게는 영원히 머물러 주었으면 얼마나 좋았을까. 파란 지붕 벽에 걸린 금이 간 거울을 바라보았다. 할머니가 겪은 세월을 나는 비켜 갈 수 있을까. 난 어디까지 헐떡이며 달려가야 할까.

성대 할머니

소래포구로 가는 옛길은 발 디딜 틈 없이 사람들로 북적거렸다. 포구는 사람을 유혹하는 알 수 없는 신비로움이 있는가 보다. 호떡 굽는 아주머니가 그 많은 사람들 속에 묻혀 걷는 나를 용케도 알아보고 오라는 손짓을 한다. 나는 그 아주머니의 손짓을 여러 번 겪어 보았기 때문에 쉽게 알 수 있다. 호떡 먹고 사진 많이 찍으라는 신호다. 아주머니가 굽는 호떡은 먹을수록 그 맛이 기가 막히다. 방금 구워 낸 호떡을 봉투에 넣어 손에 쥐어 주었다. 매번 얻어먹기만 해서 나는 잔꾀를 부렸다. 여러 사람이 먹어야 하기 때문에 남아 있는 호떡을 모두 싸 달라고 했다. 그래야 호떡 값을 받을 것 같아서였다. 그 잔꾀가 적중했다. 호떡 값을 지불하고 나니 마음이 홀가분했다. 호떡이 든 큼직한 봉투를 들고 가는 내 모습이 신기했던지 옆 가게 아주머니가 따라오며 물었다.

"작가님, 사진은 이제 그만 찍고 호떡 장사 해보려고 하우?"

따끈한 호떡을 건어물 파는 성대 할머니에게 드렸다. 할머니는 우리 집 방 한 칸에서 삼십여 년을 넘게 살다가 포구 가까운 곳으로 이사를 하셨다. 어머니 생전에는 친자매처럼 서로 의지하며 외로움을 달래셨다. 6·25전쟁 때 북에서 빈손으로 피난을 나와 온갖 고생을 하시던 중에 남편이 술 때문에 일찍 죽고 장남마저 젊은 나이에 세상을 떠났다. 할머니는 이 세상이 얼마나 저주스럽고 슬프셨을까. 그런데도 장사 치른 다음 날 바로 포구로 향하는 할머니의 뒷모습을 바라보면서 어머니와 나는 많이 울었다. 일 년 열두 달 하루도 빠짐없이 해 뜨기가 무섭게 포구로 향하는 할머니는 바다가 그렇게도 좋으셨나 보다. 해풍과 파도는 할머니의 외로움과 고단함을 함께했다.

부지런하고 깨끗하기로는 성대 할머니를 따라올 사람이 없었다. 할머니는 생선을 직접 손질해서 해풍에 말려 팔기 때문에 잔일이 많았다. 늦은 밤 휘어진 허리를 펼 틈도 없이 말릴 생선을 하나하나 손질하여 몇 번을 물로 깨끗하게 씻어 내고 나면 밤 12시가 훌쩍 넘었다. 어머니는 그 모습을 바라보며 매우 안타까워하셨다.

"자네처럼 그렇게 깨끗하게 씻어 내는 사람은 없을 걸세. 돈을 더 받는 것도 아닌데 하느님이 큰 복을 주시겠지."

어머니는 나를 부르더니 내 귀에 입을 바짝 대고는 속삭이셨다.

"저렇게 물을 퍼 쓰니 샘물이 마르면 어쩌냐? 전기세도 많이 나올 텐데……."

"엄니는 교회도 안 다니면서 하느님은 왜 찾고 그래요. 또 샘물은 자꾸 퍼 써야 잘나온다고 했잖아요. 전기세가 나와야 얼마나 더 나온다구요. 항상 불쌍하다고 하시면서……."

다시는 나눌 수 없는 어머니와 나의 오래전 이야기다.

나는 어머니가 그리울 때마다 소래포구 한 모퉁이 좌판에서 건어물을 파는 성대 할머니를 찾는다. 하늘나라에 계신 어머니의 체취를 할머니에게서 느껴 보려는 생각에서다. 그때마다 할머니는 내 손을 잡고 눈물을 글썽이셨다. 물론 내 눈에서도 눈물이 안 나올 리 없다. 그때마다 사내놈이 오죽 못났으면 시장바닥에서 눈물을 질질 짜냐는 어머니의 호통소리가 들려오는 것 같아 억지로 참으려니, 그것도 여간 어려운 게 아니다.

포구의 아침

건어물 장사를 하는 부지런한 아주머니는 오늘 팔 물건 준비로 분주하다. 그 앞을 지나는 나를 모르는 척해 주는 게 더 좋으련만 매번 듣기 싫은 말을 원고지 읽듯이 글자 하나 안 틀리고 되풀이한다.

"작가님은 부지런하게 사진을 찍으니까 돈도 많이 벌겠네요."

나는 그 말이 싫어서 일부러 다른 곳으로 돌아갈 때가 종종 있었다. 그런데 이제는 만성이 되어 웃음으로 답하는 여유가 생겼다. 호기심 많은 아주머니에게 다가가서 큰 기침을 한 번 한 후 장난스레 말했다.

"아주머니, 제일 크고 안전한 무쇠금고를 사려고 하는데 소래는 파는 데가 없으니 그런 금고 파는 곳을 아는 데가 있나요?"

아주머니는 내 말에 일손을 놓더니 내 얼굴을 빤히 쳐다보면서 말했다.

"아니 얼마나 많은 돈을 벌었기에, 은행에 넣으면 안전할 텐데……."

배가 듬성듬성 묶여 있는 포구의 아침은 조용하기만 하다. 조금 때여서 그런 건지 아니면 어부들이 너무 힘겨워 병이 나서 출어를 못한 것인지 궁금하다. 새우젓이 가득 든 드럼통에서 부지런히 손을 움직이는 할머니가 날 보고 빙긋이 웃으신

다. 할아버지가 고기잡이를 하다가 일찌감치 세상을 떠나는 바람에 두 아들이 아버지가 평생 동안 고기를 잡던 배를 물려받아 어부의 길을 택했다. 그런데 얼마 지나지 않아 큰아들마저 세상을 떠나고 나이 어린 막내아들이 아버지와 형의 빈자리를 이어 가고 있다.

젊은 어부가 어느새 오십이 되었으니 요즘 세월은 너무 과속을 하는 것 같다. 어부의 어머니는 할머니가 된 줄도 모르고 일 속에 파묻혀 살다가는 결국 자리에 눕는 날이 많아져 자꾸만 서글퍼진다고 했다. 온 세상이 천지개벽을 해도 어김없이 밀려오고 밀려가는 바닷물처럼 할머니의 부지런함과 넘쳐나는 인심은 변함이 없다.

"요즘도 고기가 많이 잡히나요?"

"아들이 새벽에 나갔는데 꼬박 밤을 새워 그물을 올려 봐야 전에 비해 절반도 들지 않아 걱정이야. 기름 값은 천정부지로 올라가고 고기는 안 잡혀 당장 때려치우고 싶은데 손녀딸이 유학을 가서 아들이 무척 힘들어해."

더 많은 얘기를 나누고 싶었으나 오히려 할머니의 마음만 아프게 하는 것 같아 슬며시 그 자리를 피했다. 해가 높이 떠오르자 상인들이 하나둘 모여들었다. 물때를 알고 찾아온 사람들의 발걸음이 잦아졌다. 바닥에는 방금 잡아 온 싱싱한 새우가 쌓여 있다. 새우 하나를 집어서 입에 넣고 잘강잘강 씹었더니 고소하다. 가끔씩 들려오는 포구 사람들의 세상 떠난 소식에 마음이 울적하고 쓸쓸하다. 할머니에게 세월의 야속함을 받아 들고 집으로 돌아오는 발걸음은 진흙이 들러붙어 있는 듯 무겁기만 하다.

소래포구의 아침은 다른 곳보다 일찍 시작된다. 어릴 적 모습과는 달라졌지만,
여전히 이곳은 사람들로 북적이고, 비릿한 바닷바람을 맞으며 눈을 감으면 그때 그 시절로 나를 데려다 준다.

오솔길을
좋아하는 이유

봄이 오면 동녘마을로 가는 오솔길에는 어김없이 개나리꽃이 흐드러지게 피어났다. 어머니는 그 무거운 바구니를 머리에 이고도 뱀내장터로 가는 직선길을 놔두고 시간이 더 걸리는 개나리꽃이 활짝 핀 오솔길로 다니셨다. 개나리꽃이 피어나기도 전에 몇 가지 꺾어서 작은 항아리에 꽂아 햇볕이 들어오는 안방 창문 쪽에 놓았다. 꽃을 유난히 좋아하는 어머니를 위해 집 앞 언덕에 개나리를 두 줄로 촘촘히 심었다. 두 해가 지나면서부터 대문 앞은 노란 개나리꽃으로 덮였다.

그 다음 해 봄에도 어머니는 어김없이 뱀내장터로 곧장 가는 길을 마다하고 한참 돌아가는 개나리꽃이 활짝 핀 오솔길로 다니셨다. 나는 그런 어머니를 이해할 수 없었다. 꽃이 피어나서 질 때까지 꼭 그 오솔길로 걸어다니셨다. 어머니 뒤를 따라가면서 물었다.

"엄니, 왜 더 빨리 가는 넓은 길을 놔두고 좁고 울퉁불퉁한 먼 길로 가?"

그러나 어머니는 대답이 없으셨다. 그런 길을 다니면 복을 받고 힘이 덜 드는 게 틀림없다는 생각을 했다. 그 후 나는 어머니가 좋아하셨던 오솔길과 꼬부랑길

살아생전 어머니는 꽃길을 좋아하셨다.

을 찾아다녔다. 오솔길을 걷다 보면 많은 생각을 하게 되고 마음이 편해진다는 것
을 뒤늦게 알 수 있었다.

수인역과 수원역을 하루에 세 번 왕복하는 기차는 고향 사람들의 유일한 교통수단이었다. 버스도 하루
세 번 왕복을 했지만 요금이 다소 비싼 데다 실을 짐이 많아 기차를 주로 이용했다. 어머니는 짐이 없는 날
에도 굳이 이십여 분을 걸어 기차를 타셨다. 나는 가끔씩 짐이 많을 때 보따리 하나를 들고 어머니 뒤를 따
라갔다. 머리에 큼직한 바구니를 이고도 모자라 한 손에 보따리를 들고 꾸불꾸불한 좁은 논두렁길을 걸어가
는 뒷모습을 바라보면서 어머니는 걷기 선수 같다는 생각뿐이었다.

　소래역 대합실은 기차시간이 다가오면서 북적거렸다. 나는 대합실의 긴 나무의자에 앉아 어머니가 물건
을 모두 팔아서 하나라도 남겨 오지 않기를 마음속으로 빌었다. 어머니가 장터로 물건 팔러 가시는 날에는
해가 빨리 오봉산 너머로 숨어 버리기를 바랐다. 그래야 마지막 기차가 달려오고 어머니가 그 기차를 타고
오시기 때문이었다. 그 마지막 기차는 기다림의 기쁨을 주었다. 기다린다는 것은 간혹 초조함을 불러왔다.
그러나 그 초조함 끝에는 아주 특별한 기쁨이 뒤따라온다는 것을 나는 어릴 때부터 알고 있었다.

2장.

"혼자 걷지 마세요,
어머니"

깜장 운동화

어머니가 장에 가신 날은 기차 올 시간이 멀었는데도 나는 일찌감치 소래역으로 향했다. 대합실에는 늘 아이들로 북적거렸다. 그 아이들 대부분은 자기 어머니가 행여 깜짝선물이라도 사 올지 모른다는 기대감을 안고 대합실에 나와 있는 것이었다. 내가 제일 갖고 싶어 했던 선물은 깜장 운동화였다. 깜장 운동화는 대부분 부잣집 애들이 신고 다녔기 때문에 우리 집에서는 아예 깜장 운동화를 볼 수가 없었다.

해가 오봉산 너머로 숨어 버리자 기차가 빽빽거리며 도착했다. 아이들은 우르르 몰려나가 제각각 짐보따리를 받았다. 나도 마찬가지로 어머니 짐보따리를 받아 들고 뒤를 졸졸 따라갔다. 어머니는 내 머리를 쓰다듬으며 말씀하셨다.

"깜장 운동화가 신고 싶었지?"

나는 선뜻 대답할 수가 없었다. 물론 깜장 운동화를 신고는 싶었으나 우리 집 형편으로는 불가능하기 때문에 일찌감치 단념하고 있었다. 어머니는 빙그레 웃으며 집에 도착해서 보따리를 풀어 보라고 하셨다. 가슴이 뛰었다. 꼭 무슨 일이 일어날 것만 같았다. 집에 도착하자마자 보따리를 조심조심 푸는 순간 그토록 갖

소래역 대합실은 사람들로 늘 북적였다.

고 싶어 했던 빳빳한 깜장 운동화가 들어 있었다. 내 발의 크기를 어떻게 아셨는
지 꼭 맞았다. 운동화를 가슴에 안고 서울 외할머님댁과 고모님댁에 갈 때만 신
을 거라고 다짐했다.

　장롱 속 깊숙이 넣어 둔 운동화를 꺼내서 아랫집 아이에게 자랑을 했다. 그 아
이는 대뜸 한번 신어 보자고 했다. 분명 발이 커 보이는데도 신겠다고 자꾸 귀찮
게 했다. 나는 장롱 속 깊이 숨겨 두었다. 그 아이가 돌아간 후 몇 번을 꺼내서 멀
쩡한 운동화를 닦았다. 그런데 그 다음 날 운동화가 감쪽같이 없어졌다. 그놈이

역명	대인운임	소아운임	기사	역명	대인운임	소아운임	기
달월	200	100		사리	200	100	
군자	200	100		야목	250	100	
안산	200	100		어천	250	100	
고잔	200	100		수원	350	200	
중앙	200	100		남동	200	100	
한대앞	200	100		송도	200	100	

그 시절 수인선 요금표.

훔쳐 갔다는 생각이 번개처럼 스쳤다. 맨발로 그 아이 집으로 단숨에 달려갔다. 아니나 다를까. 맞지도 않는 내 운동화를 억지로 신은 탓에 한쪽이 찢어져 있었다. 그런데 그 아이는 황소같이 힘이 세기 때문에 달려들어 싸울 수도 없었다. 그 아이는 나를 흘끔 바라보면서 조그맣게 말했다.

"내가 잘 꿰매 줄게."

도망은
안 가시겠지

아버지에게 호된 꾸지람을 들은 다음 날 어머니는 버스 시간이 멀었는데도 집 앞 정류장에 보따리를 안고 앉으셨다. 행여나 어머니가 우리를 두고 도망을 가지나 않을까 걱정이 되어 졸졸 따라가 옆에 앉았다. 어린 내가 생각해도 아버지가 좀 심하다는 생각이 들었다. 어머니가 쌀을 씻을 때 서너 알이 하수구에 떨어진 것이 화근이었다. 아버지는 쌀 한 톨 밥 한 알이라도 버려지는 것은 이유를 막론하고 절대로 넘어가지 않으셨다. 땅 한 뼘 물려받지 못하고 온갖 노동과 절약으로 집과 농사 지을 땅뙈기를 장만하셨기 때문에 당연하다고 생각을 하면서도 어린 마음에 그런 아버지가 싫었다. 나는 아버지를 원망했다. 어머니는 투덜대는 나를 보며 말씀하셨다.

"물론 아버지가 때로는 원망스러울 때도 있지만, 그 모두가 너희들을 배불리 먹여 살리기 위해 쌀 한 톨이라도 소중하게 알라는 뜻이야."

이 말씀을 듣자 어머니가 도망은 안 가실 거라는 생각이 들었다. 그러면서 다음에 장가를 가면 아내에게 잔소리를 하지 말아야겠다는 생각을 했다. 어머니는 아버지가 그토록 매사에 참견을 해도 한마디 말대꾸를 하지 않으셨다. 그런 어머니가 때로는 바보가 아닌지 의구심이 들 때도 있었다. 그러나 오랜 세월이 지난 뒤에야 지혜롭고 인내심 많은 분이라는 것을 알게 되었다. 지혜와 인내는 주위 사람들을 행복하게 해준다는 공부도 한 셈이다.

어머니 작은 어깨에 우리 칠 남매가 매달려 살았다.

어머니는
일등 공신

　　나를 사진가로 만든 일등 공신은 어머니였다. 어머니가 살아 오신 모진 세월을 사진책으로 만들어 드려야겠다는 내 생각을 흔쾌히 받아 주셨기 때문이다. 물론 고향도 한몫했다.

　　우리 집 대문을 열고 몇 걸음만 걸어가면 넓은 들판이었다. 가을이 되면 들판은 황금색으로 물들어 장관이었다. 그 들판을 가로질러 휘어 뻗은 수인선 기찻길을 빽빽거리며 기차는 달렸다. 특히 철길은 어머니의 처절한 삶이 배어 있는 길이다.

　　모내기와 추수를 할 때 어머니는 어김없이 광주리에 새참을 담아 머리에 이고 오셨다. 광주리를 머리에 이고 철길을 걸어오시는 어머니가 그때만큼은 영화 속 주인공 같다는 생각이 들었다.

　　철길 너머 바닷물이 밀려오는 넓은 갯벌엔 빨간 나문재와 게들이 수없이 많았다. 바닷물이 밀려올 때면 작은 목조어선이 삐걱대며 노를 저어 들어왔다. 그 작은 어선에는 물고기들이 처치할 수 없을 정도로 많았다.

　　고향 마을에서는 유일하게 한 집만 어업으로 살아갔다. 그 집은 해주 최씨 집성촌에서 유일하게 김씨였다. 마을 어른들은 툭하면 양반이기 때문에 배를 타는 어

수인선 협궤열차는 1995년 12월 31일 마지막 운행을 끝으로 추억 속으로 사라졌다.

부가 될 수 없다고 했다. 그래서인지 해주 최씨들은 바닷가에 살면서도 단 한 명도 어부가 없었다. 어린 나는 문중 어른들이 양반을 따질 때 속으로 웃으며 이렇게 생각했다.

'양반 찾다가 굶어 죽기 십상이지.'

나는 어부 집 아들과 가깝게 지냈다. 그 아이 집에는 늘 말린 생선이며 알 수 없는 물고기들이 가득했다. 청년이 된 그 친구는 책 읽기와 사색하는 것을 좋아했다. 나와는 성격이 비슷해서 가끔씩 소설책을 보며 논쟁하기를 좋아했다. 특히 춘원 이

광수의 『사랑』, 『유정』, 모파상의 『여자의 일생』 등은 밤새도록 이야기했던 작품들이다. 그 친구는 토론할 때마다 술에 취해 있었다. 그러나 나는 아버지가 술 때문에 일찍 세상을 떠나서서 술은 한 모금도 마시지 않았다.

눈보라가 매섭게 몰아치는 겨울날이었다. 친구는 그의 아버지가 고기 잡던 갯골에서 싸늘한 시체로 발견되었다. 나는 그의 죽음이 술 때문이라고 생각해 울음을 멈출 수가 없었다.

새참의
추억

고향의 논은 모두 천수답이기 때문에 사철 물에 잠겨 있었다. 그래서 붕어, 가물치를 비롯해서 여러 종류의 물고기들이 많았다. 그러나 수리답에 비해 불편한 점이 한두 가지가 아니었다. 모를 심을 때나 벼를 벨 때는 허벅지까지 빠지기 때문에 여간 힘들지 않았다. 사람이 일일이 벼를 베고 볏단을 논 밖으로 옮겨야 하기 때문에 새참을 포함해서 하루 다섯 끼를 먹어야 했다.

어린 나는 아버지가 일찍 세상을 떠나셨기 때문에 일찌감치 농사일에 익숙해져 있었다. 그래서 비록 어린 나이임에도 어른들도 힘겨워하는 농사일에 뽑혀 다니는 것을 자랑스럽게 생각했다. 그런데 어머니만큼은 늘 그런 나를 안쓰럽게 바라보셨다. 모낼 때와 벼를 벨 때는 그 많은 일꾼들의 밥을 하루 다섯 번이나 장만해야 하는 어머니의 고충도 만만치 않았다. 지금이야 가스레인지와 전기밥솥에 쉽게 조리를 할 수 있으나 그때는 삼복더위에 타작을 하고 난 눅눅한 보릿짚으로 불을 때서 조리를 해야 했으니 아궁이에서 연기가 나와 눈을 뜰 수 없을 만큼 괴로웠다. 오히려 들에 나가 일하는 남자들이 홀가분하고 편하다는 생각마저 들었다.

아무리 힘든 일을 하다가도 어머니가 해 온 새참을 논둑에 걸터앉아 먹는 그 맛

벼를 베는 날은 새참 생각에 힘들어도 기운이 넘쳐났다.

은 그야말로 궁중요리와 다를 게 없었다. 잡곡이 섞인 밥을 꾹꾹 눌러 수북이 담아
주시던 어머니의 손길을 잊을 수가 없다.

소 팔자와
내 팔자

　　　우리 집 재산 1호는 누런 암소 한 마리였다. 그런데 부잣집 소들은 기름이 번지르르하게 윤택이 났으나 우리 집 소는 까칠까칠하고 뼈대가 앙상했다.

　겨우 먹는 게 풀을 썰어서 삶은 것이거나, 겨울에는 마른 콩깍지와 말라빠진 볏짚을 작두로 썰어서 멀건 보리쌀 뜨물을 넣어 가마솥에 끓인 여물이 고작이었다. 부잣집 소들은 사람에게도 귀한 식량인 콩과 보리쌀을 섞어 삶은 여물을 먹기 때문에 소 팔자도 하늘과 땅 차이였다.

　나는 가끔씩 우리 집 소가 불쌍하다는 생각이 들었다. 일은 죽도록 하면서 제대로 얻어먹지 못하는 신세가 나와 별반 다를 바 없다는 생각이 들 때가 한두 번이 아니었다. 그래서 짐승들도 부잣집에 팔려 가야 잘 얻어먹고 대우받으며 살 수 있다는 생각을 했다.

　유난히 돌이 많은 밭을 갈 때 소는 더욱 힘들어했다. 물론 힘들기는 사람도 마찬가지였다. 쟁기가 고정이 되지 않아 이리 튀고 저리 튀기 때문에 애꿎은 소만 코 꿴 밧줄로 두들겨 맞아야 했다. 게다가 고향의 논은 모두 천수답이기 때문에 사람도 허벅지까지 빠져 힘드는 마당에 그 육중한 네발 가진 소가 수렁에 빠지면서 쟁기를 끌 때는 불쌍해서 도무지 때릴 수가 없었다.

논과 밭갈이는 아무리 힘센 장정이라도 쉽게 할 수 없는 일이었다. 고향 마을에서는 능숙하게 밭갈이와 논갈이를 하는 사람이 겨우 서너 명에 불과했다. 어린 나는 아무나 쉽게 할 수 없는 쟁기질을 꼭 배워야 한다고 결심했다. 오직 그것이 어머니를 도울 수 있는 길이라고 생각했기 때문이다. 나는 소 일에 능수능란한 병일이 형님 뒤를 따라다니면서 짬짬이 배웠다. 그 형님은 내게 재주가 참 좋다고 칭찬해 주었다.

평생 배워도 못한다는 소 일을 배운 지 일 년이 채 지나기도 전에 밭갈이 논갈이를 능수능란하게 하게 되었다. 그런 내 자신이 신기하기도 하고 재미가 있었다.

큰 소를 끌고 능수능란하게 논갈이하는 나를 마을 사람들은 신기하게 바라보며 칭찬을 해주었다. 나는 그럴 때마다 더욱 힘이 나서 "어디, 어디" 하며 큰 소리로 소를 몰았다. 그러나 어머니는 칭찬은커녕 아무 말씀이 없으셨다.

해가 넘어가고 어둑어둑해서야 집에 돌아올 때마다 그 큰 소의 눈에서 눈물인지 물방울인지 뚝뚝 떨어졌다. 어머니는 그런 날에는 귀한 보리쌀을 여물과 함께 넣고 끓인 것을 여물통에 가득 채우셨다. 그러나 소는 누워서 일어나지 않았다. 어머니는 그때 소의 털을 빗겨 주면서 소곤거리셨다. 소가 어머니 말씀을 알아들었는지 성큼 일어나 여물을 먹었다. 어머니는 소를 감동시키는 대단한 능력이 있다는 생각이 들었다.

날이 어두워서야 일을 마치고 돌아올 때는 가끔씩 내 코에서 빨간 피가 쏟아졌다. 그럴 때마다 어머니는 어김없이 젓가락으로 날달걀에 구멍을 뚫어서 얼른 먹으라고 주셨다. 아버지가 술에 취하신 날에도 어머니는 꼭 날달걀을 드렸다. 나는 그때마다 달걀이 특별한 약효가 있다고 생각했다.

"나두 엄니를 닮아 코피가 잘 나오나 봐."

"넌 일이 힘들어서 나오는 거야. 부자가 되어 잘 먹고 힘든 일 안 하면 네 코피

우리 집 재산 1호는 비쩍 마른 누런 암소 한 마리였다.

는 절대 안 나와.”

“그럼 엄니 코피는 나와는 다른 코피야?”

“나는 코피가 나와야 해.”

나는 참 이상하다고 생각했다. 어머니 코피는 나와야 하고, 내 코피는 힘든 일 안하고 잘 먹으면 안 나온다는 말씀이 조금은 의아했지만 믿을 수밖에 없었다.

“엄니, 나는 소 팔자가 되고 싶지 않아. 개 팔자로 살고 싶어.”

“소는 묵묵히 일을 해서 사람들을 잘 살게 해주는 동물인데 어째서 소 팔자가 나쁘다는 생각을 해?”

“이렇게 뼈 빠지게 일만 하는데 무슨 소 팔자가 좋다고 해요.”

“너는 하나만 알고 둘은 모르는구나. 개 팔자가 좋다고 하지만 하는 일 없이 빈둥대다가 결국 복중에 사람들 입에 들어가지만, 소는 열심히 일하다가 귀한 고기와 가죽을 사람들에게 선물하고 떠나는데 그보다 더 훌륭한 짐승이 어디 있어? 소처럼 살 수만 있다면 그 사람은 훌륭한 사람이야.”

그러나 나는 우리 집 소처럼 죽도록 일만 하면서 제대로 얻어먹지도 못하는 소 팔자는 제발 안 되게 해달라고 마음속으로 빌 때가 한두 번이 아니었다.

"오빠,
참외가 먹고 싶어"

　　우리 집은 초가삼간 토담집에 안방과 건넌방 그리고 마루가 전부였다. 그 집에서 부모님과 함께 팔 남매가 자랐다. 겨울이면 양쪽으로 발을 맞대고 냉기가 도는 아랫목까지 누워야 했다. 그래서 마루와 마당에 모기장을 치고 넓게 잘 수 있는 여름이 좋았다. 그런데 모기는 왜 그렇게 많은지 모기장에 살이 닿기만 하면 어김없이 달라붙어 피를 뽑아 갔다. 어머니가 말씀하신 대로 소는 사람들에게 모든 것을 주고 가지만 모기는 그 귀한 사람 피만 빨아 먹는 고약한 흡혈귀와 같았다.

　　그때만 해도 고향에서는 한 집에 일곱 명에서 아홉 명의 자식을 낳는 걸 당연하게 생각했다. 심지어 열 명의 자식들이 있는 집도 있었다. 그래서인지 식구 많은 것이 관심의 대상은 아니었다. 나는 고향의 모든 어머니들이 아이 낳는 기술자라고 생각했다.

　　싸락눈이 내리는 어느 겨울날 어머니에게 피가 맺히도록 종아리를 맞은 적이 있다. 집에 오신 건넛마을 아주머니에게 애 낳는 기술자라 말한 때문이었다. 그 집은 자식이 아홉 명이나 되었기 때문에 나는 무심코 기술자 아주머니라고 불렀다. 그런데 그 집의 어린 아들이 죽어서 장사 치른 지 불과 하루가 지난 날이었기 때문에 어머니가 무척 화가 나셨던 것이다.

가난한 시절에 제대로 먹지도 못하면서 아이를 많이 낳다 보니 산모는 물론 아이들이 비실비실 앓다가 하나둘 죽어 나가는 것은 예사였다.

우리 집도 예외는 아니었다. 어머니가 알 수 없는 병마에 시달리다가 출산한 후 병이 말끔히 나았다고 해서 여동생 이름을 '효순(孝順)'이로 지었다고 했다. 효순이는 예쁘고 공부도 뛰어나게 잘했다. 그런데 시름시름 앓더니 식구들이 모두 일하러 나간 사이 마당에서 일하는 나를 불렀다. 동생의 얼굴은 창백했다. 동생은 내 손을 힘없이 잡았다.

"오빠, 참외가 먹고 싶어."

나는 그 말을 듣는 순간 우리 집 형편으로는 그 귀한 참외를 사 줄 수 없기 때문에 엉뚱하게 왕사탕을 사 주면 안 되겠냐고 물었다. 그러나 얼마 후 동생은 내 손을 꼭 잡고 초등학교 4학년을 끝으로 세상을 떠났다.

아버지는 동생의 시신을 가마에 둘둘 말아 지게에 올려놓고 공동묘지로 향하셨다. 어머니는 아버지 지게에 올려진 동생의 시신을 잡고 통곡하셨다. 어머니가 그렇게 우시는 건 처음이었다. 냉정하고 차가운 아버지는 아무 말 없이 동생의 시신이 올려진 지게를 지고는 내게 곡괭이와 삽을 건네주면서 따라오라고 하셨다.

논길을 지나 공동묘지에 도착하니 땀인지 눈물인지 아버지의 얼굴은 온통 물범벅이 되어 있었다. 그러나 어머니처럼 울음소리는 들리지 않았다. 동생의 시신을 묻은 날부터 어머니는 머리에 하얀 수건을 싸매고 누우신 채로 끙끙 앓기 시작했다. 어머니 옆에는 냉수 한 그릇밖에 놓여 있지 않았다.

참외가 지천으로 널려 있는 계절이 돌아오면 나는 죽은 동생이 더욱 보고 싶어진다. 어머니는 참외를 잡수실 때마다 동생을 생각하시는 것 같았다. 그래서 되도록 참외는 사다 드리지 않았다.

사진을 시작하고부터 죽은 동생의 영혼을 찾아 사진 속에 꼭 담아 오겠다고 어머니와 약속을 했다. 여동생은 그 흔한 사진 한 장 남기지 못했다. 그래서 매일 새벽마다 동생이 묻혀 있는 공동묘지를 돌아다녔다. 바지는 이슬과 흙으로 범벅이 되어 꼭 미친 사람 같았다.

그 시절만 해도 마을에 이상한 사람이 나타나면 파출소에 재빨리 신고를 했다. 신고를 해서 간첩으로 판결이 나면 어마어마한 포상금을 받는다는 포스터가 마을 여기저기에 붙어 있었다. 그러나 고향에서 포상금을 받았다는 얘기는 한번도 들어본 적이 없다.

부슬비가 부슬부슬 내리는 칙칙한 새벽이었다. 상여가 보관되어 있는 토담집은 그날따라 더욱 음산했다. 정신없이 카메라 셔터를 눌러대는 중에 갑자기 상엿집에서 두 명이 나오며 "손 들어" 하면서 총구를 내밀었다. 나는 놀라서 넘어지고 말았다. 귀신인 줄로 착각했는데 두 명의 순경이었다. 파출소로 끌려가서 이것저것 조사를 받고 있는 중에 한 순경이 밖에서 들어오더니 "미친놈이래" 한마디하고는 풀어 주라고 했다. 그렇지 않아도 나는 사진에 미친놈이라고 마을에 파다하게 소문이 나 있던 터라 다행이라고 생각했다. 더 이상 파출소에 잡혀 있지 않을 거라는 생각이 들었기 때문이다.

조사를 하던 순경이 어떻게 동생의 영혼을 사진으로 찍을 수 있냐고 퉁명스럽게 물었다. 말을 해봤자 이해할 수 없을 거라는 생각에 벙어리가 되는 편이 나을 것 같았다. 어떻게 아셨는지 파출소로 달려온 어머니는 벌벌 떨고 계셨다. 아드님을 정신병원에 데리고 가서 진찰을 받아 보라고 순경이 병원까지 알려 주었다. 다시 공동묘지를 서성이면 용인정신병원으로 직행할 수도 있다고 했다.

어머니는 절을 세 번이나 하고는 내 손을 잡고 파출소를 나오셨다. 어머니 손은 따뜻했다. 마음이 편안했다. 물론 어머니는 내가 새벽마다 공동묘지를 가는 이유에 대해 잘 알고 있었기 때문에 어떤 말씀도 하지 않으셨다.

나는 그 이후로 공동묘지에서 떠돌고 있을 동생의 영혼 찾는 일을 그만두었다.

요즘은 사계절 흔한 참외를 먹을 때면 '오빠, 참외가 먹고 싶다'는 동생의 가냘픈 목소리가 들리는 듯해서 나는 참외를 좋아하지 않는다. 게다가 멀쩡하다가도 참외만 먹으면 배탈이 났다. 아마도 동생의 한 때문일 거라는 생각이 든다.

어머니 발이 닿으면
스르르 잠이 왔다

　　　　　어머니는 나이가 드실수록 꼬박 밤을 지새우며 혼자서 짝도 맞
지 않는 화투로 재수 점 보는 날이 점점 많아졌다. 나는 가끔씩 어머니와 십 원짜리
동전 내기 화투를 치기도 하고 발을 맞대고 자기도 했다.

　"엄니, 엄니는 내 발과 맞대고 자면 좋아?"

　"글쎄다. 그런 날은 잠이 잘 오고 편하긴 해."

　"나두 엄니 발이 닿으면 따뜻하고 스르르 잠이 와."

　"네가 색시 얻으면 그날로 끝이겠지."

　"그냥 엄니하구 이렇게 살면 어떨까?"

　"빈말이라도 그런 소리는 절대 하지 마라. 멀쩡한 놈이 장가를 가서 애 낳고 재
미있게 살아야지. 엉덩이가 펑퍼짐하고 젖가슴이 밥사발같이 커야 애를 잘 낳고 일
도 잘해. 넌 꼭 그런 여자를 골라."

　"엄니, 난 그런 여자는 싫어. 다리 건너 미친 여자가 젖가슴이 크고 엉덩이가 크잖
아. 온갖 고생해 가며 모은 재산을 자식들에게 물려줘 봤자 엄니에게 남은 게 뭐유."

　"섭섭한 마음이 들 때가 많지만 부모는 자식에게 무얼 바라고 키운 게 아니야.

긴긴 겨울밤을 어머니는 화투로 외로움을 달래셨다.

모두가 하늘의 뜻에 따른 것뿐이지."

"엄니는 교회도 안 나가면서 자꾸 하늘을 따져. 난 내일부터 하느님, 부처님, 용왕님, 산신령님을 한꺼번에 모두 믿을래."

"에라 미친놈. 저런 생각을 가지고 사니 무얼 잘 되길 바라누. 믿어도 하나만 믿어야 복을 주지."

"심청이가 아버지 심 봉사의 눈을 뜨게 해주려고 공양미 삼백 석에 팔려가 인당수에 제물로 몸을 던지지 않았우. 그런데 옥황상제가 그 효심에 감동해 심청이를 살려서 아버지 눈을 뜨게 해주었잖우."

"그럼 네놈이 심청이만큼 효심이 지극하냐?"

"그래도 모든 걸 다 믿으면 복을 더 많이 받지 않을까?"

물론 어머니를 즐겁게 해드리려고 하는 농담인데도 어머니는 끝까지 하나만 믿어야 된다고 말씀하셨다.

생전에 아버지와 어머니는 오직 믿을 건 자신의 의지와 노력뿐이라고 귀가 아플 만큼 말씀하셨다. 남들은 가끔씩 점을 본다거나 굿을 했지만 우리 집은 예외였다. 교회나 성당, 절 같은 곳에도 나가지 않으셨다. 아버지는 일요일 말쑥하게 차려입고 교회 가는 사람들을 곱지 않은 시선으로 바라보면서 배부른 사람들로 취급을 했다. 하지만 나는 일요일마다 말쑥하게 차려입고 교회 가는 아이들이 부러웠다. 그러나 내 생각에도 가끔 그 아이들이 일하기 싫어서 교회에 가는 것 같았다.

"연기가
널 좋아하는구나"

　　　요즘 세상에는 전기밥솥이 자동으로 밥을 척척 잘 해준다. 밥
뿐이 아니다. 고구마, 감자도 쪄 준다. 밥이 다 되면 앙증맞은 소리로 밥이 다 되었
음을 알려 주기까지 한다. 전기밥솥이 요술쟁이 같다.

　　어린 시절에는 검은 무쇠솥에 불을 때서 밥을 하고 떡, 고구마, 감자를 찔 뿐만
아니라 모든 음식을 할 때는 꼭 불을 때야만 했다. 불을 잘못 때거나 불의 강약을 못
맞추면 밥이 설거나 타 버리기도 하고 죽이 되기도 했다.

　　어느 날 어머니가 장에 가시기 전에 잡곡을 섞어서 무쇠솥에 물과 함께 부으면
서 어머니가 돌아올 시간에 맞춰 불을 때라고 하셨다. 나는 그 시간에 맞춰 불을 때
기 시작했다. 연기가 아궁이 밖으로 나와 눈을 뜰 수가 없어 부채질을 해도 소용이
없었다. 분명 어머니가 밥을 하실 때는 이렇게 연기가 나오지 않았는데 참으로 이
상했다. 굴뚝으로 달려가 이리저리 살펴보았으나 달라진 것이 없었다. 연기가 나를
골탕 먹이는 것 같았다. 마침 아버지와 형제들이 방에서 밥을 기다리는 중이었다.
어머니가 밥솥 뚜껑을 열고 밥을 푸는 순간 얼굴색이 변하는 것을 알 수 있었다. 아
버지가 제일 싫어하는 고두밥이 됐던 것이다. 저녁시간이 늦었기 때문에 밥을 다시

무쇠솥에서 김이 새어 나오면 그렇게 행복할 수가 없었다.

한다는 것은 불가능했다. 어머니는 주걱을 이리저리 저으며 아버지 밥을 먼저 푸셨다. 밥상이 아버지 앞에 놓이기가 무섭게 한 숟가락 뜨시면서 "이따위로 밥을 했느냐!"는 호통이 창문의 창호지를 찢을 듯 카랑카랑했다. 어머니가 하라는 대로 했건만 무쇠솥이 원망스러울 뿐이었다. 다행이 아버지도 내가 밥을 한 것을 아시는지 더 이상 탓하지 않으셨다.

그 다음 날 연기 때문에 불 때는 일은 더 이상 못하겠다고 어머니에게 말씀드렸다. 게다가 찌는 더위에 아궁이 앞에 있는 것도 여간 고역이 아니었다. 어머니는 빙그레 웃으면서 말씀하셨다.

"연기가 널 좋아하는구나."

가을이 되면 오봉산 너머 천씨 아저씨네 산에는 아름드리 소나무에서 떨어진 노란 솔잎이 두껍게 쌓였다. 그러나 그곳에는 얼씬도 할 수가 없었다. 나무가 귀한 시절이어서 주인이 밤낮을 지키고 있기 때문이었다.

아랫집에 사는 병오는 달리기를 잘해서 운동회 때마다 계주 선수로 뽑혀서 선물로 공책을 여러 권씩 받아 왔다. 병오는 비록 가난했지만 공부도 잘했을 뿐만 아니라 못하는 것 없이 재주가 많았다. 병오는 나보다 나이가 한 살 많았으나 학교 입학을 같이 해서 친구처럼 지냈다. 가난하다는 공통점 때문에 항상 붙어 다니며 나무와 소꼴을 베러 다녔다. 그 시절에는 모두 나무를 땔감으로 사용했기 때문에 산이건 들이건 나무가 귀했다. 가을이 깊어 갈 무렵 나는 병오에게 마음을 털어놨다.

"어머니가 매일 눅눅한 보릿짚과 볏짚을 때서 밥을 해 연기가 많이 나와. 오봉산 너머 천씨 아저씨네 산에 수북이 쌓여 있는 노란 솔잎을 어떻게 서리해 올 방법이 없을까?"

"나도 눈독을 들여 왔어. 내일 밤 자정이 넘으면 그때 서리하러 가자."

"천씨 아저씨는 공기총을 갖고 다니고 무서운 사냥개도 있다는데, 넌 무섭지 않냐?"

"걸리면 튀는 거야. 컴컴한 산속으로 튀면 누구도 찾을 수 없어."

나는 깜장 고무신을 병오가 시키는 대로 새끼줄로 단단히 묶었다. 반달이 염전 창고 위에 걸린 시간에 고개를 넘어서 천씨 아저씨네 솔밭에 도착했다. 정신없이 솔잎을 망태기에 담아 일어서려는 순간 "이놈들, 꼼짝 말고 있거라!" 하는 소리와 함께 개가 짖어대기 시작했다. 그 무거운 나무 망태를 메고 뛰어가다가 몇 걸음 못 가서 멱살을 잡히고 말았다. 그런데 병오는 순식간에 자취를 감췄다. 천씨 아저씨는 내 멱살을 움켜쥐고 도망간 놈이 오지 않으면 너는 밤새도록 소나무에 묶여 있을 줄 알라고 으름장을 놓았다. 나는 천씨 아저씨 말대로 굵은 소나무에 새끼줄로 묶여 꼼짝할 수가 없었다. 달빛이 환하게 소나무 사이로 내려앉았다. 사냥개는 내 앞에서 나를 노려보며 앉아 있었다.

"아저씨 한 번만 용서해 주세요. 다시는 나무 도둑질 안 할게요."

"한 놈이 올 때까지 넌 못 풀어 준다."

"도망간 애가 다시 올 리 없잖아요. 제가 데려올 테니 풀어 주세요."

"풀어 주면 네놈도 도망치려고!"

아무리 생각해도 도망간 병오가 다시 올 리 없다고 생각했다. 어머니는 지금쯤 주무실까. 내가 나무 서리를 하다가 이렇게 묶여 있는 걸 모르시겠지. 오만 가지 생각이 떠올라 눈물이 쏟아졌다. 그러나 어머니만큼은 원망하고 싶지 않았다. 눅눅한 보릿짚과 볏짚으로 밥을 하실 때마다 연기에 파묻히는 어머니가 불쌍해서 스스로 한 일이었기 때문이다. 불꽃이 세고 연기가 안 나는 솔잎은 땔감 중에 제일이었다. 그 좋은 땔감을 어머니에게 선물은커녕 도둑질하다 잡혀서 묶여 있는 걸 아실까 싶어 더 걱정이 되었다. 내가 제일 싫어하는 여우가 울기 시작했다. 덩달아 사냥개도 짖어댔다.

얼마나 지났을까. 도망을 갔던 병오가 천씨 아저씨 앞에 와 무릎을 꿇고 빌고 있었다. 그리고 그 큰 망태기에 가득 담았던 솔잎을 모두 쏟아 놓았다. 천씨 아저씨는 무릎을 꿇고 연신 빌어대는 병오에게 얼굴을 들라고 했다.

"넌 생기기도 잘생긴 놈이 왜 하필 도둑놈이 되려고 해? 네가 다시 돌아와 잘못을 빌기 때문에 이번만큼은 용서해 줄 테니, 나무는 망태기에 담아 가지고 가거라."

병오와 나는 절을 수없이 하고는 망태기를 메고 끙끙거리며 오봉산 고개에 올라와 앉았다. 달빛이 환하게 넓은 염전을 비쳤다. 배가 고팠다. 소나무 가지를 잘라서 겉껍데기를 벗겨 내고 얇은 속껍질을 질겅질겅 씹어 먹으며 낄낄대고 웃었다.

"병오야, 넌 어떻게 그 무거운 망태기를 메고 잽싸게 도망쳤냐?"

"그걸 어떻게 메고 도망쳐. 잽싸게 숨겨 놓고 빈 몸으로 튄 거지."

나는 왜 그런 생각을 못했는지 바보 같았다. 병오는 그럴 때마다 어른 같았다. 그래서 나는 병오를 좋아했다.

병오는 서울로 올라가 돈을 많이 벌 거라고 늘 얘기했다. 그날도 내가 서울 가서 돈 많이 벌면 창경원도 구경시켜 주고 영화도 함께 보러 가자고 했다. 병오는 마음 먹은 대로 일찌감치 서울로 올라갔다. 병오가 서울로 가는 버스를 탈 때는 눈물이 와락 쏟아졌다. 마음속으로 병오가 부자가 되길 빌 뿐이었다.

회색 항아리

　　어머니가 시집와서 물려받은 재산 1호는 아주 큰 회색 항아리
라고 하셨다. 벼 두 가마쯤 들어가는 큰 항아리는 안방 울타리 쪽 창문 밖에 늘 놓
여 있었다. 어머니는 울퉁불퉁하고 짙은 회색의 이 못난 항아리를 쓸고 닦고 하면
서 소중하게 간직하셨다.

　　햇살이 고운 어느 봄날이었다. 동네 아이들이 몰려와 술래잡기를 하자고 했다.
아이들이 모이면 늘 하는 놀이였다. 그런데 문제가 생겼다. 여자아이와 남자아이
가 항아리 속에 숨어 있다가 나오면서 항아리가 굴러서 금이 가고 한쪽이 떨어져
나갔던 것이다. 어머니가 그토록 아끼던 항아리였기에 걱정이 이만저만이 아니었
다. 나는 와락 화가 났다. 한 명만 들어가 숨지 왜 계집애까지 들어가 그 속에서 무
슨 짓을 했냐고 따졌다. 항아리 속에 들어간 남자아이는 어느새 도망을 가고 여자
아이 혼자 남아 있었다.

　　어머니는 금이 간 항아리를 보더니 얼굴이 창백해지셨다. 아버지가 그토록 사사
건건 닦달하셔도 한마디 말대꾸도 하지 않고 얼굴색 하나 변하지 않던 어머니가 항
아리에 매달려 이리 보고 저리 보고 하셨다. 여자아이는 눈이 동그래져서 그 광경

을 지켜볼 뿐이었다. 그런 어머니를 보면서 거짓말을 할 수는 없었다. 두 아이가 들어갔다 나오다가 깬 것이라고 했다. 어머니는 웬만한 일에는 절대로 언성을 높이지 않으셨으나 그날은 예외였다. 울타리에 세워 둔 싸릿가지를 잘라서 내 종아리를 때리셨다. 항아리를 깬 그 여자아이는 겁에 질려 떨고 있었다.

"엄니, 저 애는 때리지 말아요."

종아리에 피멍이 들었다. 어머니는 깨진 항아리를 부둥켜안고 우셨다. 그리고 가는 철사를 가지고 항아리 맨 위쪽을 감아 놓으셨다.

이 큰 항아리는 어머니가 아끼던 물건 1호였다.

독수리 앞에
참새

　　　　　　　어머니 바느질 솜씨는 고향 마을에서 소문이 날 만큼 대단하
셨다. 여자가 학교 가는 것보다는 집에서 바느질과 음식 만드는 것과 예절을 배워
야 한다는 외할아버지의 옹고집 때문에 어머니는 학교 근처에도 못 가 보셨다. 나
는 외할아버지 얼굴을 보지 못했으나 늘 감사하게 생각했다. 왜냐하면 어머니를 학
교에 보내서 공부를 많이 하셨다면 당연히 아버지에게 시집올 리가 없었을 것이며,
결국 지금의 나는 이 세상에 없었을 거라는 생각 때문이었다.

　　서울 화곡동에 사는 한 분밖에 안 계시는 고모님이 가끔씩 우리 집에 오셨다. 그
런데 고모님 앞에서 어머니는 독수리 앞에 참새 같았다. 고모님은 집에 오시면 바
느질을 잘하고 못하는 것의 기준은 버선의 콧부리가 얼마나 뾰족하고 선이 잘 살
았는지를 보면 알 수가 있다고 하셨다. 하얀 버선을 꿰매는 법을 능수능란하게 가
르치는 고모님은 어린 내가 보아도 정말 대단하다는 생각이 들었다. 고모님은 목
소리가 우렁차고 성격이 남자 같았으나 인정이 많으셨다. 어머니에게 호통을 치며
바느질과 음식 잘하는 법을 가르치고 돌아가실 때마다 고쟁이 주머니에서 지폐를
꺼내 어머니 손에 쥐어 주시면서, 시장에 가면 돈 아끼지 말고 먹고 싶은 것 사 먹

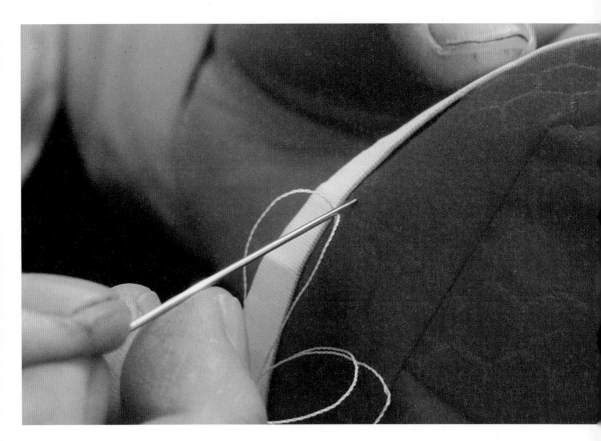

고모님의 바느질 솜씨는 소문이 날 만큼 대단하셨다.

으라고 하셨다.

    또한 고모님은 부지런하고 절약하는 데 이골이 나신 분이었다. 그래서인지 젊은 여자들이 한낮에 몰려다니는 것을 제일 싫어하셨다. 일 안 하고 돌아다니면서 돈 아까운 줄 모른다는 이유였다.

흥부의 꿈

봄이면 어김없이 제비가 날아와 추녀 밑에 집을 짓고 알을 낳아 새끼를 부화한다. 노란 주둥아리의 제비 새끼들은 어미 제비가 쉴 새 없이 잡아 온 곤충을 쨀쨀대며 받아 먹는다. 맛있는 것이 있으면 자식들 입에 먼저 물려 주시는 어머니에게 제비들이 배운 것 같았다. 제비는 흔히 길조라 하여 마루에 똥을 싸 놓아도 불평을 하지 않았다. 그런데 우리 집 제비들은 버릇이 없어도 너무 없었다. 어느 날인가 마루에서 저녁밥을 먹고 있는데 밥상 위에 실례를 한 것이다. 나는 너무 화가 나서 제비집을 부서뜨리려고 했다. 그런데 어머니가 이렇게 말씀하셨다.

"제비가 잘못이 아니라 제비집 밑에서 밥을 먹는 우리 잘못이 더 크다. 말 못하는 짐승일지라도 함부로 구박을 하거나 죽여서는 안 된다."

제비가 박씨를 물어다 주어서 벼락부자가 된 흥부를 생각하니 함부로 제비를 내쫓을 수 없다는 생각도 들었다. 은근히 박씨 하나를 물어 오길 기대했다.

"엄니, 금년에는 제비가 금은보화가 가득한 박씨 하나 안 물어다 줄까?"

"네가 흥부만큼 좋은 일 했고 착했냐?"

"엄니는 동네 사람들에게 내 칭찬을 침이 마르도록 했잖우."

"나도 이젠 네놈을 칭찬하기가 싫어졌다."

"그래도 엄니가 난 아들인데 어쩔 수 없잖우."

"아들, 아들 하지 마라. 아들놈들 낳아 길러 하나도 보상받은 거 없다. 사진이나 잘 찍어. 제비에게 엉뚱한 박씨 욕심은 버리고."

결국 제비는 우리 집에서 해마다 무전 숙박을 한 셈이다. 박씨는커녕 마루에 똥만 안 싸 주길 바랄 뿐이었다.

장독대 위 땡감

우리 집 울타리에는 늙은 감나무 한 그루가 기우뚱 서 있었다. 우윳빛 감꽃은 단맛이 있어서 감꽃 피는 계절에는 아이들의 좋은 간식거리였다. 비실비실한 감은 일찌감치 땅으로 떨어졌다. 떨어진 땡감들을 주어다 장독대에 올려놓았다. 며칠이 지나면 땡감은 갈색으로 변하는데 그때 먹으면 떫은맛이 사라지고 허기진 배를 채우는 데 그만이었다.

먹을거리가 귀한 시절이었기에 땡감을 줍기 위해 날이 밝기도 전에 감나무 밑에서 서성거렸다. 그것도 부지런해야 맛볼 수 있기에 감 떨어질 때면 밤잠을 설치곤 했다. 해가 뜨기도 전에 어머니는 나를 깨워 감을 주우러 가라고 하셨다. 어머니는 가끔씩 "부지런하면 끝없는 사막에서도 살 수 있다"는 말씀을 하셨다.

어머니는 장독대 위의 작은 땡감을 잘 드셨다. 맛이 없어서인지 다른 식구들은 먹지 않아서 장독대 위 땡감은 쉽게 없어지지 않았다. 그런데 고기나 떡 같은 걸 드시면 배가 아프다고 자식들에게 건네주시던 분이 맛이 없어 남아도는 땡감은 잘 드셨다. 땡감을 드실 때는 배 아프다는 소리를 하지 않으셨다.

먹을 게 귀하던 시절, 장독대 위 땡감은 훌륭한 간식거리였다.

처갓집 칭찬

부엌 한 귀퉁이에 붙어 있는 서너 평 남짓한 곳간은 늘 큼직한 자물쇠로 채워져 있었다. 어머니와 아버지 외에는 그곳에 무엇이 있는지 알 수 없었다. 어머니가 자물쇠를 열고 쌀과 잡곡을 꺼내실 때 흘끔 들여다볼 뿐이었다. 큼직큼직한 항아리와 높이 매달려 있는 굴비 몇 마리가 있다는 것 외에는 세세히 알 수가 없었다. 나는 곳간에 매달려 있는 굴비를 단 한 번도 먹어 본 적이 없었다. 그때만 해도 손꼽는 부자 아니고는 굴비를 쉽게 먹을 수 없었다.

아버지는 가끔씩 외갓집을 못마땅하게 말씀하셨다. 외삼촌이 일은 안 하고 빈둥댄다는 이유였다. 그럴 때마다 어머니는 등을 돌리고 바느질만 하셨다. 그래서 외삼촌과 아버지 사이는 그다지 좋지 않았다. 아버지가 외갓집을 비난할 때마다 어머니는 몹시 마음 아파하셨다. 아버지의 변함없는 신조는 일 안 하는 사람은 먹지도 입지도 말아야 한다는 것이었다. 그러나 외삼촌과 아버지는 살아온 과정이 너무 달랐다. 외삼촌은 서울 부잣집의 장남으로 태어나 구태여 일을 안 해도 잘살 수 있기에 아버지처럼 죽기 살기로 일을 할 필요가 없었다. 그러나 아버지는 부모님이 어릴 때 돌아가셔서 온갖 고난을 겪어 가면서 닥치는 대로 일을 해야 하셨다. 그 결과

특별한 손님이 오는 날에만 구경할 수 있었던 굴비.

맨손으로 땅을 장만했고, 집도 한 채 장만하셨다.

어느 날 아버지가 그토록 못마땅해하는 외삼촌이 오셨다. 늘 외갓집에서 우리 집으로 찾아왔지 어머니와 아버지는 서울 외삼촌 집을 찾아가는 일이 드문 편이었다. 돈이 든다는 이유 때문이었다.

어머니가 저녁상을 준비할 때 그토록 아끼던 굴비를 구워 오라는 명령이 떨어졌다. 어머니는 굴비를 석쇠에 구워서 곳간에서 퍼 온 술지게미를 짜낸 우윳빛 농주를 주전자에 담아 함께 가지고 오셨다. 툭하면 외갓집과 외삼촌을 험담하던 아버지가 그날만큼은 화기애애하게 외삼촌과 술잔을 주거니 받거니 하셨다. 어머니가 그렇게 좋아하시는 모습을 난 처음 보았다. 나는 술을 걸러 내고 남은 술지게미를 한 사발 몰래 먹었다. 그러자 어지럽고 몽롱하며 졸음이 왔다. 따뜻한 부뚜막 위에서 얼마를 잤는지 외삼촌은 서울로 가신 후였다.

어머니는 내가 술지게미를 먹고 취해서 잠든 것을 알고 계셨으나 아무 말씀도 하지 않으셨다. 어머니는 외삼촌이 다녀가신 후 신바람이 나셨다. 그런 어머니를 보면서 다음에 나는 아내의 친정 식구들을 절대로 험담하지 말아야겠다는 생각을 했다. 아내를 즐겁게 해주는 방법은 잘났건 못났건 처갓집 식구들을 칭찬하는 것이 제일이라고 생각했다.

"나는
소금 도둑놈이다!"

　　멀건 김치죽 한 그릇 제대로 먹기 힘든 우리 집에 비하면 소금
장수집 아이들은 하얀 쌀밥을 배부르게 먹었다. 그만큼 소금이 귀한 시절에 소금장
수는 부자의 상징이었다.

　　소금 생산이 절정인 여름철에는 일렬로 늘어선 검은 창고에 소금을 가득 채우고
도 모자라서 창고 밖에 산더미처럼 쌓아 놓았다. 그때가 '소금서리'하기에 적기였
다. 캄캄한 그믐날을 택해서 동네 형들과 소금서리를 하기로 사전에 모의했다. 나
는 찹쌀떡과 메밀묵을 실컷 먹게 해주겠다는 달콤한 유혹에 빠져 결국 도둑놈 대열
에 합류하기로 했다. 소금이 워낙 무겁기 때문에 형들이 도둑질을 하고 나는 망을
보는 역할을 맡았다. 모두가 잠든 새벽 두 시경을 택해서 동녘마을을 지나 4호 다
리를 건넜다. 몸집이 작은 나는 두근거리는 가슴을 억누르고 콘크리트 벽돌로 만
든 경비초소에 살금살금 다가가서 소금 도둑을 잡는 무서운 감시 아저씨가 있는지
확인했다. 감시 아저씨는 코를 드르릉드르릉 골고 있었다. 형들이 재빠르게 산더
미처럼 쌓여 있는 소금을 자루에 담아서 초소를 지나는 순간 코를 골며 잠자던 감
시 아저씨가 소리쳤다.

"이놈들, 거기 섰거라!"

감시 아저씨가 호루라기를 요란하게 불며 쫓아오자 형들은 잽싸게 모두 도망을 가고, 어린 나는 일본 순사보다 무서운 팔뚝에 완장을 찬 감시 아저씨에게 멱살을 잡히고 말았다.

그 다음 날 나는 감시 아저씨의 우악스러운 손에 멱살을 잡힌 채로 "나는 소금 도둑놈이다!"를 반복해서 외치며 동네를 한 바퀴 돌았다. 동네 아이들은 그 모습이 재미있었던지 내 뒤를 졸졸 따라다녔다. 나는 쥐구멍에라도 들어가고 싶은 심정을 억누르며 애꿎은 가난을 원망했다. 특히 계집애들이 손가락질을 하며 따라올 때는 죽고만 싶었다. 그때부터 완장을 찬 사람만 보면 슬금슬금 피하는 버릇이 생겼다.

웬만한 잘못은 일체 거론하지 않으시던 어머니가 그날은 달랐다. 나를 부엌으로 끌고 가시더니 부뚜막에 앉으라고 하셨다. 부뚜막은 따뜻했다.

"누가 네게 소금 도둑질을 하라고 했어. 아무리 배가 고파도 길가에 지천으로 널려 있는 남의 밭 무 하나라도 뽑아 먹지 말라고 했지. 넌 이담에 도둑놈이 되려고 일찌감치 작정을 한 거냐. 설령 형들이 꾀어도 못한다고 했어야지."

"찹쌀떡과 메밀묵을 실컷 먹게 해준다는 바람에 그랬어요."

그렇게 어머니가 흥분하며 야단치는 것은 처음 겪는 일이어서 감시 아저씨에게 멱살을 움켜잡히고 끌려다닐 때보다 더 무서웠다. 어머니와 나는 얼싸안고 얼마나 울었는지 눈이 퉁퉁 부어 튀어나온 토끼 눈 같았다.

"닭이 감기 걸렸대요"

평상시 어머니는 말수가 적으셨으나 어떤 문제가 생겼을 때는 논리적이면서 차분하게 상대를 감동시키는 힘이 있었다. 아버지의 어떠한 말씀에도 한마디 말대꾸를 하지 않던 어머니가 어쩌다 입이 열리는 순간 그 무서운 아버지도 슬며시 목소리를 낮추셨다.

집에서 기르는 누런 씨암탉 세 마리가 하루도 거르지 않고 세 개씩 누런 알을 낳았다. 모아진 알을 아버지가 짚으로 열 개씩 묶어 놓으면 어머니는 수인역으로 팔러 가셨으며, 그 돈으로 월사금도 내고 학용품도 샀다.

하루는 아랫집에 사는 달리기 잘하고 힘이 센 병오의 꾐에 넘어가 달걀 한 개를 슬쩍해서 엿을 바꿔 함께 맛있게 먹었다. 엿을 다 먹고 난 후 걱정이 되어 병오에게 물었다. 병오는 능청스럽게 귀를 대라고 했다.

"닭 한 마리가 오늘은 감기에 걸려서 알을 안 낳았다고 해."

"닭이 감기 걸렸다는 소리는 한 번도 들어 본 적이 없는데. 맞는 말이야?"

"그럼. 우리 닭도 예전에 감기 걸려 죽었대."

병오의 말을 듣고 나니 그럴듯하기도 하고 조금은 미심쩍기도 했으나 별 방법이 없는 것 같아 그 말을 믿기로 했다.

아버지는 매일매일 달걀을 확인하셨다. 아니나 다를까. 저녁 밥상 앞에서 어느 놈이 달걀 한 개를 먹어 치웠냐고 호통을 치셨다. 달걀 꺼내는 일은 내 몫이었기 때문에 아버지는 일찌감치 날 의심하시는 것 같았다. 나는 덜덜 떨면서 병오가 가르쳐 준 대로 닭 한 마리가 감기에 걸려 알을 낳지 못했다고 했다. 아버지는 상 모퉁이를 내리치셨다.

"저런 멍청한 놈! 네놈이 의사냐. 내 생전 닭이 감기에 걸려 알을 낳지 못했다는 얘기는 처음 들어 본다. 에이, 지지리도 못난 놈."

나는 아버지를 원망할 때가 한두 번이 아니었다. 외모도 형들보다 못생긴 데다 눈이 작고 코도 작아서 다리 밑에서 주워 온 아이라고 나 스스로 결정을 내렸기 때문이었다. 게다가 허약한 나에게 온갖 힘거운 일을 무조건 하라고 하셨다. 그런 아버지가 무서워 난 코피를 흘려 가며 어떤 일이든지 꼭 해내고 말았다.

아버지는 형들을 야단칠 때는 단 한 번도 못난 놈 소리를 안 하셨다. 지지리도 못났다는 아버지의 말씀은 점점 나를 의심하게 만들었다. 정말 나는 주워 온 아이가 틀림없다고 생각했다. 잠자코 듣고 있던 어머니가 말문을 여셨다.

"한 번 용서해 주시구려. 앞으로는 거짓말을 안 하겠다는 약속을 받읍시다. 그게 달걀 하나보다 더 중요해요."

정말 어머니의 말씀이 옳다는 생각이 들었다. 나는 두 손이 불이 나도록 빌면서 이실직고를 했다. 당장 종아리 걷으라는 말씀이 떨어질 것 같았다.

"네놈 앞날이 훤하다. 몸이 건강한가, 잘생기길 했나. 거짓말을 해도 멍청하게 하는 놈이 이 험한 세상을 어떻게 살아갈지……."

아버지는 긴 담뱃대를 물고는 밖으로 나가셨다. 어머니 말씀이 없으셨다면 긴 대나무 담뱃대로 피가 맺히도록 종아리를 맞았을 것이다.

종종 착하고 순한 여자아이들을 깔보고 놀려대던 생각이 떠올랐다. 그런 여자가 더 무섭고 신통력이 있다는 걸 어머니를 통해서 알았다. 순하다고 해서 여자아이들을 놀려선 안 된다고 생각했다.

형님의
하모니카

　　아버지가 끔찍이도 애지중지하던 씨암탉 한 마리를 잡으러 닭
장으로 들어갔다. 닭들은 낌새를 알았는지 잡히지 않으려고 꼬꼬댁거리며 필사적
으로 도망을 갔다. 결국 재수 없는 놈이 한 마리 잡혀서 아버지 손에 쥐어졌다. 아
버지는 빗자루로 깃털을 정성스럽게 쓸어내리셨다. 그런 다음 어머니가 시집오실
때 가지고 온 빨간 비단 보자기로 닭을 쌌다. 푸드덕거리던 닭은 체념한 듯 눈만 껌
벅거리고 있었다. 어머니는 그 광경을 멀리서 아주 못마땅한 눈초리로 바라볼 뿐
아무 말씀이 없으셨다. 감히 아버지 하시는 일에 어느 누구도 이의를 제기할 수 없
었다. 아버지 결정은 곧 실행이며 명령이었다. 집에서만큼은 임금님보다 더 권력
이 센 아버지였다.

　비단 보자기에 싼 닭을 가슴에 안고 아버지 뒤를 따라갔다. 나는 씨암탉의 목적
지를 짐작할 수 있었다. 남동염전에 다니는 김 감독님 집으로 향하고 있었기 때문이
다. 염전 감독은 모두가 부러워하는 직책이었다. 감독은 염전에서 수십 년 잔뼈가
굵은 사람으로, 염부들을 관리하고 소금 생산을 지도하는 직책이었다.

　아버지는 김 감독님을 안다는 것만으로도 자랑스럽게 생각했다. 곳간에 매달아

그 시절 염전은 동네 사람들의 생계가 걸려 있는 간절한 공간이었다.

놓은 굴비를 얼씬도 못하게 하다가는 김 감독님 댁에 보내셨다. 내 생일은 기억을
못하시면서 김 감독님 생일은 어찌도 그리 잘 아시는지 신기했다.

평소에는 그토록 무서운 아버지였으나 나이도 한참 아래인 김 감독님 앞에서는
늘 존댓말로 머리를 조아리셨다. 나는 그럴 때마다 당장이라도 염전에 취직해서 감
독이 되고 싶었다. 김 감독님이 오른쪽 팔에 감독이라고 쓰인 완장을 차고 염전을
한 바퀴 돌 때면 곳곳에서 염부들과 잡일하는 아주머니들이 일손을 멈추고 고개 숙
여 인사를 했다. 그 완장이 차고 싶어서 한 살 아래인 감독님의 셋째 아들에게 온갖

유혹을 하면서 감독 완장을 한 번만 차 보자고 했으나 매번 헛수고였다.

아버지는 비단 보자기를 조심스럽게 풀어서 씨암탉을 감독님에게 건네셨다. 그날이 마침 감독님 생일이었다. 아버지는 큰 기침을 한 번 하시고는 둘째에게 염전에 조수로라도 일할 자리를 마련해 달라고 하셨다. 김 감독 아저씨는 잠자코 있더니 잘 아시겠지만 염전 일은 장정들도 힘겨워하는 일이어서 염부로 채용하기는 어렵다고 했다.

이미 작정을 하고 오신 아버지가 그 말에 쉽게 물러설 리 없었다. 나는 아랫목 모서리에서 숨을 죽이고 그 광경을 지켜볼 뿐이었다.

"우리 둘째놈은 나이는 어리지만 성품이 착할 뿐만 아니라 웬만한 장정만큼 힘이 세서 염전 일을 하는 데는 별 문제가 없습니다."

나는 제발 형이 염전에 취직이 되길 마음속으로 빌고 또 빌었다. 형이 돈을 벌면 그토록 갖고 싶어 했던 하모니카도 사고, 형이 감독이 되면 차고 싶어 했던 감독 완장을 찰 수 있다는 생각으로 가슴이 마구 뛰었다.

김 감독 아저씨는 결국 아버지의 끈질긴 성화에 못 이겨 둘째 형님을 염부 조수로 채용할 것을 약속했다. 그때서야 아버지는 허리춤에 차고 있던 긴 담뱃대를 물고는 담배연기를 뿜어대셨다.

밖에서는 함박눈이 펑펑 쏟아졌다. 집에 돌아오셔서 아버지는 형을 불러 염전에 취직이 되었으니 열심히 일하면 염부장도 될 것이며 남보다 일찍 부자가 될 수 있다고 하셨다. 그러나 형님은 눈물을 글썽일 뿐 아무 말이 없었다. 그날 밤 어머니는 잠을 못 이루시는 것 같았다. 평소에는 새벽에 닭이 울어야 부엌으로 나가셨으나 그날은 닭이 울기도 전에 부엌으로 나가셨다. 아침 밥상 앞에서 어머니는 아버지에게 김 감독에게 없던 일로 말씀드리라고 하셨다. 어쩌자고 그 힘든 염전에 보내려고 하냐고 단호하게 말씀하셨다. 어머니가 아버지 결정에 반기를 든 것은 그때가 처음이기에 난 조마조마했다. 어느 누구도 지금까지 아버지 말씀에 거역한다는 것은 상상조차 할 수 없었다.

아니나 다를까. 불호령이 떨어졌다.

"사내놈이 그 나이면 천하를 움켜쥘 기백이 있거늘 어찌 나이가 어리다고 해!"

지붕이 무너져 내릴 것 같은 큰 소리였다. 사태의 심각함을 아셨는지 어머니는 더 이상 말씀을 안 하셨다.

형님이 첫 출근을 하는 날 어머니는 명절 때나 맛볼 수 있는 하얀 쌀밥을 일그러진 양은 도시락 두 개에 꾹꾹 눌러 담아 주셨다. 어머니는 형님 모습이 사라질 때까지 대문을 떠나지 않으셨다. 나는 형님이 염부가 된 것을 자랑스럽게 생각했다.

염전에서 제일 나이 어린 형님이 수차에 올라가 바닷물을 퍼 올릴 때는 곡예단에 온 듯 착각에 빠졌다. 형님의 얼굴에서 땀방울이 쉼 없이 흘러내렸다.

점심시간이 되어 도시락 보자기를 풀었다. 점심과 새참을 먹을 두 개의 도시락이었다. 형님은 내게 도시락 한 개를 건네주면서 먹으라고 했다.

"너는 집에 와서 점심을 먹어야 한다"는 어머니 말씀을 잊어버리고 날름 받아서 순식간에 먹어 치웠다.

염전 일은 노동 중에서도 제일 힘겨운 노동이었다. 그래서 염부들은 하루에 다섯 끼를 먹어야 했다. 그런데 형님이 먹어야 할 새참 한 끼를 내가 먹어 버렸던 것이다.

형님이 염전에 출근을 하고부터는 왜 그토록 하루가 길고 긴지 알 수가 없었다. 한 달이 되면 월급을 타서 그토록 갖고 싶어 했던 하모니카를 사 주기로 약속했기 때문이다.

그러나 형님이 염전에 취직을 해서 첫 월급을 받기도 전에 내 꿈은 산산조각이 되고 말았다. 60킬로그램이나 되는 소금자루를 어깨에 메고 궤도차에 쌓는 일을 하다가 갯골로 떨어져 형님이 병원으로 실려간 것이다.

병원에 도착한 어머니와 나는 넋을 잃고 말았다. 형님이 많이 다쳤다는 것을 알았기 때문이다. 다친 형님도 걱정이었지만 완장을 차 본다는 꿈, 뒷산에 올라가 형

님이 사 준 하모니카를 멋지게 불어야겠다는 그 꿈들이 모두 물거품이 되었다는 생각에 엉엉 울었다.

형님이 퇴원하는 날 어머니는 나를 불렀다. 형이 엿전에 다시는 가지 않을 거라는 것과 네 욕심 때문에 형의 마음을 상하게 할 수도 있다는 것, 하모니카는 다음에 어머니가 꼭 사 준다는 말씀을 하셨다.

퇴원해서 집으로 돌아오자마자 절룩거리는 형과 나는 뒷동산으로 올라갔다. 마을이 훤히 보이는 쪽으로 앉았다. 형님은 뒷주머니에서 이빨 빠진 하모니카를 꺼내더니 멋지게 한 곡 불었다. 나는 그런 형이 멋있어 보였다.

"이건 오늘부터 네 거야."

꿈이 아닐까.

우리 집 굴뚝에서 연기가 모락모락 피어올랐다.

머리 깎는 날은
지옥 가는 날

　　아버지가 어느 날 녹슨 이발 기계를 하나 들고 오셨다. 천에 기름을 발라 닦고 또 닦으시며 혼잣말로 중얼거리셨다.

　　"배부른 놈. 멀쩡한 기계를 왜 버려."

　　아버지는 동네 이발소에서 머리를 깎고 내는 돈이 아까워 사내건 계집애건 집에서 가위로 깎아 주라고 어머니를 닦달하셨다. 여동생은 단발머리기 때문에 가능했지만 내 머리는 집에서 가위로 깎는다는 게 매우 어려웠다. 어머니는 아버지 때문에 마지못해 내 머리를 깎고 난 후에는 뒤돌아 웃고 계셨다. 거울을 보면 꼭 줄무늬가 있는 다람쥐 같았다. 그래서 나는 머리 깎는 날이 제일 싫었다. 동네 이발소에서 다른 집 애들이 멋지게 이발하는 게 그렇게 부러울 수가 없었다.

　　나도 이발소에서 머리 깎을 날이 있을 거라고 생각한 게 잘못이었다. 녹슬고 이가 듬성듬성 빠진 이발 기계를 주워 오셨으니 아버지는 그 기계로 머리를 깎으라고 하실 게 뻔했다. 아니나 다를까. 아버지는 양지 쪽 벽으로 작은 나무의자를 들고 오시더니 내게 의자에 앉으라고 하셨다. 그러고는 녹슬고 이가 듬성듬성 빠진 이발 기계로 내 머리를 깎기 시작하셨다. 난 머리카락이 뽑히는 아픔을 참아야 했다. 차

동네 이발소는 내게 꿈의 장소였다.

라리 뽑는 것이 더 낫겠다 싶었다.

이렇게 한 달에 한 번씩 머리 깎는 날은 지옥과도 같았다. 아버지는 머리 깎는 날을 정확하게 지키셨다. 깎을 때마다 눈물이 났다. 그런 나를 보시고는 사내놈이 그것도 참지 못해 눈물을 질질 흘리느냐고 호통을 치셨다. 어머니는 머리 깎는 날에는 일부러 밭으로 나가셨다. 어느 날 나는 어머니에게 사정을 했다.

"엄니, 나 아버지에게 머리를 깎지 않으면 안 될까?"

"조금 기다려 보렴."

"엄니, 머리 깎을 때 너무 아파요. 그 기계를 어디다 버리자구요."

"그건 안 돼. 다른 방법을 찾도록 생각해 보자."

머리 깎을 날이 다가오자 나는 덜컥 겁이 났다. 그런데 어머니가 내 손에 돈을 쥐어 주면서 이발소에서 머리를 깎고 오라고 하셨다. 나는 뛸 듯이 기뻤다. 당장 이발소로 달려갔다. 이발소에서는 내 또래 아이들이 차례를 기다리고 있었다. 나는 일부러 헛기침을 했다. 아이들이 모두 나를 쳐다보았다. 한 아이가 비아냥대며 말했다.

"넌 집에서 다람쥐 머리나 깎지 여긴 왜 왔어."

옆에 앉아 있는 아이들이 깔깔대며 웃었다. 비아냥거리는 그 애는 힘이 세고 부잣집 애라 나는 한마디 대꾸도 하지 못했다. 행여 그 아이의 비위를 건드리면 점심시간에 늘 싸오는 삶은 달걀 한 쪽을 얻어먹을 수 없을뿐더러, 잘 먹어서 피둥피둥 살이 붙은 그 애를 힘으로 당해 낼 자신이 없었다.

한데 이발소에서 머리를 깎고 난 후부터 왼쪽 머리가 가렵기 시작하더니 부스럼이 조금씩 생겨났다. 머리가 자랄수록 부스럼은 점점 커져 갔다. 아버지 몰래 소금물로 닦고 또 닦아도 부스럼은 그대로였다. 어머니에게 말씀드렸더니 걱정을 하시며 이것저것 머리에 발라 주셨으나 별 효과가 없었다. 결국 아버지에게 발각되고 말았다. 아버지는 당장 어머니를 불러오라고 하셨다. 헐떡거리며 달려온 어머니는 대문 앞에서부터 아버지의 호통을 감당해야 했다.

"에미가 저 모양이니 집안 꼴이 뭐가 되겠어. 애 머리를 봐. 돈 버리고 병까지 옮겨 오고. 집안 꼴 잘된다."

어머니는 당장이라도 터질 것 같은 풍선 같았다. 아버지가 또다시 역정을 내시려고 하는 순간 어머니가 말문을 여셨다. 나는 걱정이 되어 어머니를 쥐 죽은 듯 바라보았다.

"당신이 어디서 주워 온 그 이빨 빠진 기계로 당신 머리도 깎아 드릴 테니 않으세요. 머리 깎을 때 애가 얼마나 아팠으면 머리 깎는 날은 지옥으로 떨어진 것 같다는 얘기를 하겠어요? 당장 그 기계를 버리지 않으면 내가 버리겠어요!"

아버지는 긴 담뱃대를 물고는 아무 말 없이 애꿎은 담배 연기만 뿜어대셨다.

아버지의
세 가지 선물

　아버지는 술 때문에 53세로 일찌감치 세상을 떠나셨다. 최근
한국 남자들의 평균 수명이 76세라고 하니 너무 일찍 하늘나라로 떠나신 셈이다.
아버지는 무섭고 부지런한 구두쇠였고 소주를 끔찍이 좋아하셨다. 나는 이런 아버
지에게 애틋한 사랑을 느껴 보지 못했다. 세상을 떠나시면서 가혹한 시련과 고통을
어머니에게 물려주셨으며, 나에게는 세 가지 교훈을 선물로 주고 가셨다.

　첫째, 난 어른이 되어도 술은 안 마시며, 아버지처럼 살지 않는다.

　둘째, 돈은 열심히 벌어서 죽기 전에 쓰고 싶은 대로 쓴다.

　셋째, 하고 싶은 일을 하며 자유롭게 산다.

　아버지처럼 살고 싶지 않아 나 자신과 약속한 것으로, 이 세 가지는 내 삶의 지
표가 되었다.

　아버지와 어머니 성격은 물과 기름 같았다. 아버지는 불 같은 성격이요 어머니
는 차분한 성격이었다. 아버지는 늘 술병을 차고 다니실 만큼 술을 좋아하셨다. 그
런데 술에 취해 오시는 날은 집에 활기가 돌았다. 나는 그래서 아버지의 건강을 생
각하기보다는 항상 술에 취해 오시길 은근히 바랐다. 하지만 아버지는 결국 술 때

문에 병석에 누우셨다. 어머니는 아버지 병수발과 농사일, 짬짬이 장사도 다녀야 하셨기에 정신적 육체적 고통이 엄청났다.

아버지가 병석에 누우신 후 어머니는 가끔씩 코피를 흘리셨다. 그 빨간 코피가 어머니의 하얀 광목 저고리를 적실 만큼 많이 흘러내릴 때도 있었다. 그럴 때마다 아무렇지 않은 듯 처마 밑에 매달아 놓은 약쑥 잎을 떼어서 코를 막으셨다. 하지만 어머니의 얼굴은 병든 사람처럼 창백해 보였다.

아버지 병은 음식을 먹기만 하면 토하는 병이었다. 그래서 어머니는 끼니마다 죽을 끓여 드렸다. 그럴 때마다 죽을 왜 잘못 끓였느냐, 어떻게 끓였는데 이 모양이냐고 어머니를 닦달하셨다. 죽에 소금을 볶아서 간을 맞춰 드리거나 간장에 깨소금을 넣어 드렸다. 그런데 소금이 왜 짜고 맛이 없냐고 버럭버럭 소리를 지르셨다. 나는 참 이상했다. 당연히 소금은 짜고 맛으로 먹는 것이 아니라는 걸 어린 나도 잘 알고 있었기 때문이다.

어머니는 그럴 때마다 아무 말 없이 죽 그릇을 들고 부엌으로 가서 다시 죽을 끓여 오셨다. 어떤 때는 서너 번씩 다시 끓여 오실 때도 있었다. 아버지는 또 어머니가 장사를 가셨다가 조금만 늦어도 그 이유를 하나하나 설명하라고 하셨다.

평소에 아버지는 잠시라도 가만히 앉아 계시는 분이 아니었다. 새벽 세 시면 일어나 동네를 한 바퀴 돈 후 네 시도 안 돼 식구들을 모두 깨우셨다. 부지런해야 먹고 살 수 있다고 늘 밥상머리에서 말씀하신 것을 꼭 실천하셨다.

겨울 농한기에는 새벽에 꽁꽁 얼어붙은 개똥과 소똥을 주우러 다니셨다. 비료값이 비싸 거름 대용으로 사용하기 위해서였다. 잠시라도 쉬지 않는 아버지는 그 추운 겨울에도 양지 쪽이나 마루에서 두 손을 비벼서 새끼를 꼬셨다. 그런 분이 병석에 누웠으니 오죽 답답하고 술 생각이 나셨으면, 술 때문에 죽을 병에 걸렸는데도 어머니에게 술을 사 오라고 버럭버럭 화를 내셨다. 그러니 어머니 마음은 새까맣게 타들어 갔다.

아버지는 새벽 세 시면 일어나 하루를 시작하셨다.

아버지 병세가 점점 악화되면서 들볶이는 건 당연히 어머니였다. 밤이면 통증이 더욱 심각해지며 결국 미음도 넘기지 못하셨다. 그 고통 속에서 아버지의 맥박소리가 약해지자 어머니는 나에게 동네 어른들에게 알리라고 하셨다. 그때 아버지 곁에는 어머니와 칠남매 중 어린 두 동생과 나밖에 없었다.

나는 아버지의 위독함을 동네 어른들에게 알리기 위해 깜깜한 밤길을 미친 듯이 달렸다. 뒷산에서 여우가 울기 시작했다. 난 평소 여우를 생각하는 것조차 무서워했다. 여우가 울면 사람이 죽는다는 동네 어른들의 말씀을 종종 들어 왔기에 아버지가 돌아가실 거라는 생각이 들었다. 결국 아버지는 숨을 거두셨고, 유언에 따라 집 뒤 흙이 곱고 붉어서 고구마가 잘되는 양지바른 곳에서 안식을 하게 되셨다.

아버지가 돌아가신 후 마루에 하얀 광목천으로 네 모퉁이를 둘러서 작은 공간을 만들고 그곳에 상 하나를 놓았다. 그 위에는 창호지에 '顯考學生府君神位(현고학생부군신위)'라고 쓴 것을 붙여 놓았다. 다른 집에서는 사진도 함께 올려놓았으나 우리 집은 예외였다.

아버지는 도민증에 붙일 사진도 찍지 않으셨다. 돈 들어가는 짓을 왜 하느냐는 이유였다. 그래서 동 서기가 뻔질나게 우리 집을 찾아와서 도민증에 붙일 아버지 사진을 찍어 보내 달라고 부탁을 했지만 매번 헛수고였다. 그래서 당연히 붙어 있어야 할 사진이 없는 신기한 도민증이 되었다. 결국 아버지는 세상에 그 흔한 사진 한 장 남기지 못하셨고, 그래서 세상을 떠나신 후에 당연히 있어야 할 초상 사진 한 장 없었다.

남에게 주지도 받지도 말라는 아버지의 옹고집이 때로는 동네 사람들로부터 미움을 사기도 했다. 가끔씩 찾아오는 거지나 스님에게 호통을 치기도 했다. 일을 열심히 하면 남의 집 문전을 찾을 필요가 없을 텐데 모두가 게으르고 정신 상태가 썩어 있기 때문이라고 하셨다가 거지와 대판 싸운 적도 있었다. 그러나 어머니는 거지가 대문에서 깡통을 치면서 밥 한술 달라고 하는 소리가 들리면 곳간에서 잡곡을 바가지에 담아 아버지 몰래 거지의 깡통에 담아 주셨다. 아버지가 돌아가시면 어머니와 나는 편해질 거라는 생각이 잘못이라는 것을 장사 치른 그 다음 날부터 바로 알게 되었다. 하루 세 끼 밥을 해서 제일 먼저 아버지 상 위에 올려놓고는 어머니는 옆에 앉아 계시고 나는 큰절을 두 번 한 후 아버지 산소로 향했다. 산소 앞에서 또 절을 하고는 집으로 내려왔다.

하루 세 끼 꼭꼭 아버지에게 밥을 바치는 일은 보통 일이 아니었다. 어머니는 잠잘 때를 제외하고는 상복이라고 하는 하얀 광목 치마저고리를 꼭 입고 다니셨다. 하

루는 어머니에게 아버지도 안 계신 상 앞에 언제까지 밥을 드려야 하며 산소는 언제까지 가야 하냐고 불평을 했다. 그럴 때마다 어머니는 단 한 마디 대꾸도 없으셨다.

어느 날 나는 오기가 생겼다. 비가 부슬부슬 내리는 아침이었다. 잔디 위에 자리를 깔아도 물기가 스며들어 옷이 젖었다.

"엄니는 지겹지도 않아? 아버지 병수발을 이 년이 넘도록 하셨는데 왜 죽은 사람에게 한 끼도 거르지 않고 바쳐야 해. 난 이제 하기 싫어."

어머니는 비에 젖은 얼굴을 닦는 건지 눈물을 닦는 건지 치마폭으로 연신 눈을 닦으셨다. 어머니의 흐느끼는 소리와 함께 감나무에서 까마귀 울음소리가 들려와 꼭 아버지 귀신이 나와서 나를 혼낼 것 같았다. 원래 삼 년 동안 아버지에게 식사 세 끼를 드리고 묘를 찾아야 하나 일 년에 끝내기로 집안 어른들과 약속을 했으니 고생스러워도 조금만 참으라고 했다. 어머니는 가끔씩 굳이 아버지 산소 앞에서 안 해도 될 키질과 콩 까는 일을 하셨다. 그러시는 어머니 마음을 도무지 알 길이 없었다. 아버지가 돌아가신 후 어머니는 달라진 것이 많았다. 그 중에서도 딸들에게 밥상 앞에서 늘 똑같은 말씀을 반복하셨다.

"여자가 시집을 가면 그 집 귀신이 되어야 한다."

"남편이 아침에 나갈 때 절대로 화내지 말고 미소 지을 것."

"남편이 어떤 말을 해도 말대답하지 말 것."

"남편의 발을 함부로 넘어 다니지 말 것."

"남편의 옷주머니를 절대로 만지거나 손을 넣어 보지 말 것."

"문지방을 밟고 다니지 말 것."

"시부모를 잘 모셔야 복을 받는다."

요즘 여자들이 들으면 말도 안 된다고 할 이야기들이지만 어머니는 딸들에게 늘 신신당부하셨다.

보기만 해도 좋은
어머니

　　아버지가 살아 계실 때는 그 자리가 얼마나 넓고 깊은지 알 수 없었다. 보이지 않는 아버지의 영역과 아버지라는 이름 하나만으로도 가족을 보호해준다는 사실을 뒤늦게 절실히 깨닫게 되었다.

　　나는 어머니를 도와 온갖 힘겨운 농사일을 하면서도 어머니를 원망하기보다는 돌아가신 아버지를 원망할 때가 많았다. 아버지는 재물에 집착하셨으나 어머니는 교육을 강조하셨다. 나는 어머니 말씀이 옳다고 생각했기에 헌책방에서 책을 사다가 밤을 새워 가며 독학으로 공부할 수밖에 없었다.

　　어느 늦은 가을날 새벽에 어머니는 소금에 절인 오이지를 한 바구니 담아 머리에 이고 시흥 뱀내장터로 장사를 가셨다. 항상 오후 다섯 시경이면 어김없이 집에 오셨으나 그날은 해가 오봉산 너머로 기울어도 돌아오지 않으셨다.

　　늦가을에 내리는 보슬비는 마음을 더욱 울적하게 만들었다. 나는 어머니가 장사 다니시는 길로 향했다.

　　동녘마을을 지나 염전 가는 4호 다리 앞 난간에 걸터앉아 어머니를 기다렸다. 마침 바닷물이 밀려왔다. 물고기들이 바닷물을 따라 올라왔다. 여러 종류의 게들이

게 구멍에서 나와 무언가 부지런히 먹고 있었다. 그때 어머니가 바구니를 머리에 이고 다리를 건너오셨다. 어머니도 나를 알아보셨다. 어머니는 다리를 건너오자마자 내게 과자 봉투를 손에 쥐어 주셨다.

"오이지는 다 팔았어요?"

"조금 남았어."

"엄니는 장사 다니는 게 좋은가 봐."

"이담에 네 색시는 나처럼 장사시키지 마라."

"아버지는 어느 누구나 무조건 일을 해야 한다고 했는데."

"나처럼 일 시키면 도망가기 십상이야."

"근데 왜 엄니는 안 도망갔어?"

"네가 착하고 말 잘 들어서."

나는 어머니에게 휘파람으로 노래를 선물했다. 어머니는 내 손을 꼬옥 잡아 주셨다. 어머니를 그냥 바라만 보아도 좋았다.

모질고 힘든 세월 앞에서도 어머니는 자신의 운명을 탓하지 않으셨다.

농작물도 사람처럼
정성을 들여야

우리 집은 논보다 밭이 더 많았다. 논을 팔아서 밭을 사야 한다는 아버지의 고집 때문이었다. 그래서 마을 사람들은 아버지를 정신 나간 사람으로 취급했다. 당시는 쌀이 귀한 시절이었기에 오히려 밭을 팔아 논을 사는 게 당연했다. 밭에서 나오는 소득은 논에 비해 턱없이 부족했으며, 일이 많고 힘도 더 들었다. 그런데도 아버지는 집 주위 밭을 하나하나 사들이셨다. 마을 사람들이 우리 땅을 밟지 않고는 다닐 수가 없을 정도로 넓어졌으나 그만큼 일은 더 많아진 셈이었다.

어느 날 고모님께서 아버지에게 논을 팔아서 밭을 사는 이유를 물으셨다.

"누님, 앞으로 보십시오. 밭이 논보다 몇 배 더 비싼 세월이 올 테니."

"그래도 애들한테는 쌀밥을 먹여야지. 허구한 날 잡곡밥만 먹어야 되겠어. 가뜩이나 일이 많은 터에. 에미 생각은 안 하니?"

고모님은 땅을 모두 팔아서 서울 화곡동으로 이사를 오라고 하셨다. 고모님께서는 하나뿐인 동생을 위해 하신 말씀이었다. 그러나 아버지는 고향을 두고 어떻게 떠나겠냐고 하셨다. 나는 당장이라도 서울로 이사를 가고 싶었다. 서울 사는 애들이 모두 멋지고 부자라고 생각했기 때문이다. 그렇지만 아버지의 밭 사랑 때문에 식구

형편이 나아졌어도 어머니는 여전히 밭에서 하루를 보내셨다.

들은 하얀 쌀밥 대신 꽁보리밥을 지긋지긋하게 먹어야 했다. 어머니는 하루만 지나면 올라오는 질긴 바랭이 잡초를 뽑다가 손바닥이 찢어져 피멍 들기가 일쑤였다. 한 번쯤 아버지를 원망할 만도 했으나 신세타령이나 원망의 소리를 들어 본 적이 없다.

어머니는 노트에 기록을 해둔 것도 없는데 그 많은 종류의 씨앗을 계절별로 뿌리는 날짜만큼은 기가 막히게 알고 계셨다. 걸어다닐 수 없을 만큼 허리가 아프서도 농사철이 돌아오면 밭을 말끔히 정리하셨다.

어느 날 시내에서 이사 온 부부가 어머니를 찾아왔다. 이것저것 씨를 뿌리고 거름도 듬뿍 주었는데 잎새만 무성하고 열매가 열리지 않는다고 했다. 어머니는 웃으시면서 씨앗도 뿌리는 시기를 잘 맞춰야 실한 열매를 맺을 수 있다고 말씀하셨다. 농작물도 사람과 함께 사는 존재로 생각해야 하며 정성을 들여야 많은 것을 되돌려 준다고 하셨다. 비록 학교 문턱에도 못 가셨지만 어머니 말씀은 삶의 참교육이요 철학이었다.

귀한 선물

봄이면 드넓은 갯벌에 빨갛게 솟아나는 나문재는 고향 사람들에게 아주 소중한 재산이었다. 지천으로 널려 있는 나문재를 한 자루씩 뽑아서 뜨거운 물에 살짝 삶아 반찬으로 해 먹기도 하고 시장에 내다 팔면 돈이 되기 때문에 귀한 대접을 받았다.

그러나 나는 나문재를 무척 싫어했다. 양식을 아끼려고 보리밥 서너 숟갈에 나문재를 수북이 넣어 비벼 먹어야 했기 때문이다. 그런데 요즘 세상엔 약재가 된다고 해서 마구 채취를 해 가고 있기 때문에 갯벌에는 채취를 금한다는 간판을 여기저기 세워 놓았다. 먹을 게 없어서 양식 대용으로 억지로 먹어야 했던 나문재가 요즘 세상에는 건강식으로 즐겨 먹는 귀한 나물이 되었으니, 나는 건강식만 먹고 살아온 셈이다.

어머니는 가끔씩 내게 나문재를 뜯어 오라고 하셨다. 예전 같았으면 직접 나문재를 뜯어 오셨을 텐데 연세가 들면서 거동이 불편해지셨기 때문이다. 나는 장화를 신고 동녘마을을 지나 지천으로 널려 있는 나문재를 한 바구니 뽑아서 어머니에게 드렸다. 어머니는 예전 방식대로 나문재를 삶아 무쳐서 큰딸 둘째딸을 불러서

어린 시절 나는 나문재를 싫어했다. 한데 요즘은 약재로 대접받는다니 세월이 신통할 따름이다.

동네 아주머니들과 함께 잔치를 하셨다. '이 나문재는 내가 먹고 싶다고 하니까 병관이가 뜯어 온 거'라고 자랑을 늘어놓으셨다. 상에 둘러앉은 마을 아주머니들이 효자라고 칭찬을 하셨다. 거동이 불편한 어머니께 이 핑계 저 핑계를 대며 미루다 마지못해 뜯어 온 것인데 효자라는 말을 들으니 바늘방석에 앉아 있는 것 같았다.

남들은 자식들 자랑이 넘쳐 나는데 어머니는 사진 찍는다고 돈만 내다 버리는 자식 때문에 마음고생이 이만저만이 아니셨을 거라는 생각에 늘 죄인 같았다. 그러나 동네사람들의 수군거림에도 어머니는 들은 체도 하지 않으셨다. 오히려 하고 싶은 일을 미친 듯이 하는 자식이 늘 장하다고 하셨다.

지옥에서
천국으로

　　사진을 시작하고부터 감당하기 힘든 여러 가지 문제들이 생겨
났으며 삶의 근간을 흔드는 예기치 못했던 변화가 나를 괴롭혔다. 사진가의 길을
선택한 것은 오직 어머니의 처절했던 삶과 고향을 사진으로 남기기 위해서였다. 그
러나 사진 때문에 감당하기 어려운 큰 시련이 닥쳐오리라고는 상상도 하지 못했다.
그로 인해 내 삶의 보금자리는 만신창이가 되었으며 가족과는 이별의 아픔을 겪어
야 했다. 물질을 우선으로 하는 세상에서 사진 찍는 것을 삶의 목표로 바꾼 것이니
어쩌면 당연히 겪어야 할 고통이라고 받아들일 수밖에 없었다. 그러나 한편으로는
분하고 억울한 생각이 들었다. 세상이 무섭고 사람들이 싫어졌다.

　　늦가을 날씨치고는 햇살이 무척 따가운 오후였다. 용유도에서 두 고개를 넘어
한적한 모래사장과 넓은 갯벌이 펼쳐져 있는 조용한 바닷가에 주저앉았다. 그곳은
가끔씩 찾아가 사진을 찍어 온 나만의 조용한 은신처였다. 바닷물이 밀려간 후 드
러난 작은 바위에서 굴 따는 할머니의 손놀림이 바쁘게 움직였다.

　　그 할머니가 어머니와 같다는 생각이 들었다. 힘겨웠던 지난 세월이 하나하나
떠올랐다. 하늘에는 뭉게구름이 하얗게 피어났다. 나는 가져간 소주 두 병을 벌컥

벌컥 들이켰다. 그리고 수면제 서른 알을 입에 털어 넣었다.

빗방울 떨어지는 소리가 들리는 것 같았다. 눈을 뜨려고 해도 접착제로 붙여 놓은 것처럼 눈꺼풀이 떨어지지 않았다. 어렴풋이 할머니의 소리가 들려오는 것 같았다. 무슨 얘긴지 알 수 없었다. 자꾸만 꿈을 꾸는 것 같았다. 사흘이 지난 후에야 모든 사실을 알 수 있었다. 내가 누워 있는 곳은 굴 따는 할머니 집이었다. 바닷물이 밀려와 물 위에 떠 있는 나를 마을 사람들이 건져서 경운기에 실어 왔다고 했다. 할머니는 전쟁 때 피난을 와 혼자 굴을 따며 생계를 꾸려 간다고 하셨다.

방 한쪽에는 비가 새서 빗방울이 떨어지는 걸 받느라 바가지 한 개가 놓여 있었다. 천장은 도배지를 바르지 않아 구불구불한 서까래가 드러나 있었다. 천장에 매달려 껌벅거리는 형광등 불빛이 꺼지지 않으려고 무척 애를 쓰는 것 같았다. 가끔씩 뱃고동 소리가 아련하게 들려왔다. 방에 있는 것들은 모두가 낯선 풍경이었다.

그 순간 섬광처럼 '나는 살아야 해. 사진 찍는 것을 멈출 수 없다!'라는 외침이 내 안 어디에선가 솟구쳐 힘없는 두 주먹을 꼭 쥐었다.

정말 꿈속에서 살다 온 며칠이었다. 생명은 내 몸에 있지만 그 생명은 나 혼자만의 것이 아님을 깊이 깨닫게 되었다. 죽으려고 했던 내가 다시 살아난 것은 더 좋은 사진을 만들라는 어머니의 간절한 소망 때문이라고 생각했다.

할머니께 인사를 한 후 밖으로 나오니 눈부신 햇살을 바라볼 수가 없었다. 다리가 휘청거렸다. 걷기조차 힘겨웠다.

"여보게 젊은이, 나 같은 늙은이도 사는데, 이게 뭐유."

할머니의 허름한 목소리가 두 귀를 찢는 듯했다. 집에 돌아온 나는 내 방으로 들어와 누웠다. 불을 때지 않아서 방바닥이 차가웠다. 어머니가 기척을 들으셨는지 문 열리는 소리가 들렸다. 내 얼굴을 이리저리 만져 보셨다.

"밥이나 먹고 사진 찍으러 다니는 거냐? 며칠 동안 어디 가서 사진 찍고 왔길래 얼굴이 이 모양이야."

"엄니, 나 며칠 동안 사진을 너무 많이 찍어서 기운이 없어. 자야 해."

"잘했다. 넌 멋진 작가님이 되어서 돈을 많이 벌어 올 거야."

어머니의 말에 가슴이 미어지는 것 같았다. 기운이 없어서 더 이상 말할 수가 없었다. 눈물이 말라 버렸는지 나오지 않았다. 어머니가 불을 때셨는지 방바닥이 따뜻했다. 나는 다시 태어났다. 그렇기 때문에 지난 세월은 사라졌다고 생각했다. 어머니가 불속에 뛰어들어 지옥에서 허우적거리는 나를 천국으로 데려온 것이라고 생각했다.

"아버지가
밉지도 않으세요?"

3월이 되면 어머니는 어김없이 밭에 나가 씨앗을 뿌릴 준비를 하셨다. 그런데 이상한 것은 그 많은 땅 중에 하필이면 아버지 묘소가 있는 땅에다 제일 먼저 씨앗을 뿌리셨다. 그 땅은 고구마 외에 채소는 잘 안 되는 땅이었다. 어머니가 예전처럼 일을 안 해도 먹고 사는 데는 문제 될 게 없었다. 그런데도 어머니는 농사철만 되면 어김없이 밭에 나가 일을 하셨다.

"그토록 일을 하고도 지긋지긋하지도 않아요? 하고많은 땅을 두고 왜 하필 잡초만 잘 자라고 농사가 되지도 않는 땅에 배추씨를 뿌려요."

"네놈이 이 에미 맘을 바늘 끝만치라도 아냐? 내가 씨를 뿌리건 말건 네놈에게 시키지 않을 테니까 상관 마."

나는 안다. 아버지가 일찍 세상을 떠나신 후 긴긴 겨울밤이 얼마나 외롭고 그리움이 밀려왔을까. 자식은 품 안에 있을 때 자식이라는 말이 생각났다. 나는 되도록 어머니와 어떤 방법으로든 엉뚱한 말다툼을 하려고 했다. 그래야 어머니가 외롭지 않고 소외감을 느끼시지 않을 거라는 생각을 했기 때문이다.

밭일은 젊은 사람들도 하기 힘이 드는데 어머니는 달랐다. 형제들은 밭을 모두 경작을 주라고 했다. 물론 일부는 경작을 주었으나 아버지 산소가 있는 밭만큼은 어림없었다. 결국 나도 어쩔 수 없이 어머니 일을 도와야 했다. 그러나 나로서는 정말 하기 싫은 일을 어머니 극성에 억지로 하는 셈이었다.

"제발 이 땅을 남에게 경작을 줍시다. 그러면 소득도 많이 내서 우리에게 나눠 줄 것이고 엄니는 힘든 일 안 해서 좋을 거 아니유."

"저런 멍청한 놈. 연장 두고 당장 집으로 내려가."

"엄니가 힘든 일하다가 또 코피 터질까 봐 걱정돼 그래요."

"내 코피가 하루이틀 쏟아지는 게 아니라는 걸 너도 잘 알고 있으면서 왜 그 핑계야?"

"엄니, 일만 죽도록 하게 내버려두고 먼저 일찌감치 떠나신 아버지가 밉지도 않으세요?"

"그래. 난 안 미우니 네놈은 그런 걱정일랑 말고 네 앞일이나 걱정해."

어머니는 예전 같지 않으셨다. 조금만 일을 하셔도 숨을 몰아쉬며 힘겨운 모습이 역력한데도 누구도 말릴 수 없었다. 그런 어머니가 불쌍하다 못해 화가 치밀었다. 밤새 끙끙거리며 잠 못 이루실 때는 억장이 무너지는 것 같았다. 어머니와 함께 사는 게 무슨 죄냐고 따질 때도 있었다. 그러나 어머니는 섭섭해하지 않으셨다. 내 마음속을 훤히 들여다보시는 것 같았다.

코피를 쏟으면서도 어머니는 병원에 입원하기 전까지 손에서 일을 놓지 않으셨다.

딸에게
주고 싶은 마음

어머니는 큼직한 플라스틱 바구니를 내게 건네주시며 뒷밭으로 따라오라고 하셨다. 힘에 겨우신지 내게 배추를 뽑아 오라는 손짓을 하셨다. 나는 일부러 아직 자라지도 않은 배추를 왜 뽑아 오라고 하느냐, 배추 속이 차지도 않았는데 누가 먹겠냐고 소리를 질렀다.

언제부터인가 어머니는 웬만한 소리는 듣지 못하셨다. 그래서 내 목소리는 당연히 커질 수밖에 없었다. 어머니께 큰 소리로 말하다 보면 가끔씩 목에 통증이 오기도 했다.

"김장철도 아닌데 속도 차지 않은 배추를 누굴 주려고 해요?"

"누굴 주건 말건 네놈이 알아 무엇해."

"난 다 알아. 딸들 주려고 하지?"

어머니는 대답 대신 배추를 집 마당에 쌓아 놓으라고 하셨다. 평생 어머니와 함께 살아온 내가 어머니 마음을 모를 리가 없었다. 비록 부실하게 자란 속도 차지 않은 배추일망정 직접 힘겹게 키운 것이기에 딸들에게 싸 줄 게 분명했다.

"엄니, 이런 배추는 도시 사람들은 먹지도 않을뿐더러 똥값이야."

"저놈이 왜 내 성질을 자꾸 건드려."

"딸들도 좋은 것을 줘야 좋아하지, 공연히 귀찮아해요."

"네놈이 어떻게 알았어?"

"나도 엄니를 닮아 신통력이 생겨났지."

어머니는 그날 밤 마당에 쌓아 놓은 배추와 무를 바라보며 흐뭇해하셨다.

세탁기보다 더 좋은
빨간 고무장갑

우리 집 대문 앞 응달 쪽에는 우물이 있다. 어머니는 여름이건 추운 겨울이건 모든 빨래는 이 차가운 지하수로 하셨다. 그런데 겨울이 문제였다. 우물가는 사방이 막혀 있지 않아 조금만 물을 버려도 얼어붙어 미끄러울 뿐만 아니라 바닷바람이 불어와 유난히 추웠다. 그 추운 우물가에서 손빨래를 하는 어머니 고집 때문에 늘 마음이 편치 못했다.

그러던 어느 날 막내딸이 세탁기를 하나 사드리겠다고 했다가 혼만 나고 되돌아갔다. 어머니는 세탁기를 사 왔다가는 당장에 팔아 치울 거라고 하셨다. 세탁기를 돌리면 전기세가 많이 나오고 비싼 가루비누를 써야 하는데 그런 건 필요없다고 하셨다.

며칠 후 막내딸이 어머니 허락도 없이 세탁기 한 대를 직접 트럭에 싣고 와서 일사불란하게 설치를 마쳤다. 어머니는 방에서 나오자마자 불호령을 하셨다.

"당장 돈으로 물러오지 않으면 고물장수에게 팔아먹겠다."

"엄마, 이건 새것이 아니야. 친구가 이사 가면서 버리는 걸 가지고 온 거야."

어머니는 눈이 침침해서 가까이 보지 않으면 잘 분간을 못하셨다. 그러나 나는

한겨울에도 세탁기를 마다하고 손빨래를 하시던 어머니는 저승에서도 지금 빨래를 하고 계실까?

동생이 사 온 게 신형 세탁기라는 것을 쉽게 알 수 있었다. 재빨리 동생 말을 거들었다.

"화숙아, 왜 하필 버리는 걸 주워 왔어? 이왕이면 새것으로 사다 드리지."

"얘, 정말 저 세탁기 돈 주고 사 온 게 아니냐?"

"그럼. 엄니가 돈 주고 사 오면 당장 팔아먹겠다고 하는데 어느 자식이 사 와요."

어머니는 내 말을 못 믿겠는지 방에서 기우뚱거리며 나오시더니 세탁기를 빙빙 돌며 살펴보셨다.

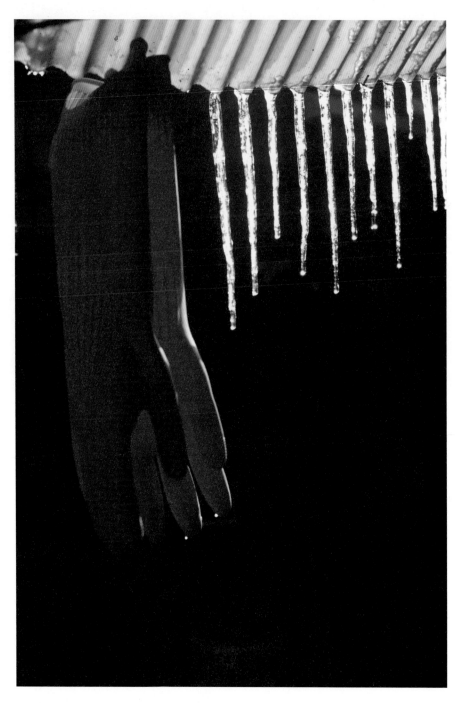

어머니는 막내딸이 사다 드린 세탁기보다 내가 사 온 빨간 고무장갑을 더 좋아하셨다.

"화숙아, 멀쩡한 세탁기를 버린 네 친구는 앞으로 절대 만나지 마라. 신랑 골만 빼 먹을 게 분명해. 요즘 젊은 여자들은 새것만 좋아하니 사내놈들만 골병들지."

동생은 그때서야 안심이 되는 듯 사용방법을 알려 드리면서 이제부터 모든 빨래는 세탁기에 넣고 돌리기만 하면 된다고 말씀드렸다. 동생이 가고 난 후 어머니는 단 한 번도 세탁기를 사용하시지 않더니 결국 비닐로 칭칭 감아 놓으셨다. 나는 비닐을 모두 뜯어 낸 후 어머니 옷가지를 세탁기에 넣고 동생이 가르쳐 준 대로 세탁기를 가동시켰다. 어머니는 세탁기 돌아가는 소리를 듣고는 방에서 나오시더니 전기코드를 뽑아 버리셨다. 그러고는 비닐로 세탁기를 다시 감고 담요로 덮으셨다. 나는 부아가 치밀었다. 방으로 들어가 어머니 앞에 앉았다.

"엄니, 한 번만 세탁기에 빨래를 해봅시다. 얼마나 편하고 빨래가 잘되는지. 화숙이가 엄니를 생각해서 그 무거운 것을 끌고 왔는데 얼마나 기특하우."

"내가 모를 줄 아냐. 새것을 사 오고 쓰던 것이라고 날 속였지? 고약한 것."

"아들놈보다 낫지, 뭘 그래요."

"이 세탁기는 잘 두었다가 네놈 따로 살 때 갖다 써."

그해 겨울 눈보라가 치는 날 어머니가 차가운 우물물에 빨래하시는 걸 본 막내딸이 울면서 되돌아간 후부터 어머니는 세탁기에 빨래를 하시기 시작했다. 빨래하기 전에는 꼭 내 옷주머니를 확인하셨다. 물론 나도 주머니를 확인한 후 세탁기에 넣었다. 그런데 가끔씩 주머니에서 돈과 메모한 종이가 나왔다. 어머니는 그때마다 확인 또 확인을 강조하셨다.

나는 모든 빨래를 세탁기에 넣고 돌려댔다. 그럴 때마다 어머니와 한바탕 언성을 높여야 했다. 어머니는 내 속옷은 꼭 빨래판에다 먼저 빨고 세탁기를 돌리셨다.

나는 어머니가 세탁기를 잘 사용하시지 않을 거라는 생각에 시장에 가서 빨간 고무장갑 두 개를 사다 드렸다. 장갑을 받자마자 얼마 주었냐고 물으셨다. 나는 실제 산 값보다 반값을 주고 사 왔다고 했다. 어머니는 미심쩍어하면서도 흡족해하셨다.

"엄니, 세탁기는 안 쓰더라도 꼭 빨래할 때는 고무장갑을 끼고 해요. 동상 걸리면 손을 잘라 낼 수도 있으니 알아서 하세요."

"미친놈. 내 평생 그 추운 겨울에 우물가에서 손빨래를 했어도 나뿐만이 아니라 동네 여자들 모두 동상 걸려 손 잘랐다는 얘기는 들어 본 적이 없다."

"옛날하고 지금은 달라요."

"늙은 에미가 동상 걸리길 바라는 거냐?"

"누가 엄니 동상 걸리라고 했어. 다 엄니를 생각해서 그런 거지."

어머니는 빨간 고무장갑을 신줏단지 모시듯이 보관하셨다. 빨래를 하고 나면 깨끗한 물에 헹구어 햇살이 스며드는 처마 밑에 걸어 놓으셨다.

고향의
추억

"산하 학교는 어떻게 하려고 낯선 시골로 이사를 가려 해?"

"오빠, 아이에게 아름다운 고향의 추억을 남겨 주고 싶어요."

어머니가 각별히 사랑하신 여동생은 막내로 태어나 젖이 말라붙어 나오지 않는 젖꼭지를 빨다 잠들기 일쑤였다. 그런 딸이 크면서 공부를 잘해 초등학교 때부터 대학교까지 줄곧 수석이었다. 그뿐이 아니었다. 어머니에게는 지극한 효녀였다. 막내딸이 어머니에게는 희망이었다. 대학원을 졸업할 때까지 어머니에게 돈 한 푼 받아 가지 않았다. 오히려 가끔씩 어머니에게 용돈을 손에 쥐어 드리곤 했다. 그럴 때마다 어머니는 흐뭇해하시면서도 미안한 내색이 역력했다.

"아들놈 열보다 낫지."

이 말씀을 여동생이 집에 올 때마다 거르시는 법이 없었다.

그런 여동생이 국내에서 대학원을 마치고 곧바로 캐나다 유학길에 올랐다. 그곳에서 딸을 낳고 십여 년 만에 귀국하여 걱정 없이 잘 살고 있었다. 그런데 느닷없이 인천에서 멀리 떨어진 지방의 작은 시골로 이사를 간다는 것이다. 도시생활에 익숙해져 있는 동생 내외와 감수성이 예민한 중학교 일 학년 조카가 시골로 이

아무리 천지개벽을 해도 내 마음속의 고향은 늘 같은 모습이다.

사를 간다고 했을 때 나는 이해할 수 있었다. 그러나 다른 형제들의 걱정은 이만저만이 아니었다.

어릴 적 뛰놀던 산과 들, 갯벌이 모두 사라지고 무분별하게 파헤쳐지는 고향에 더 이상 기대할 수 없었을 것이다. 아름다운 자연이 사람의 심성을 올곧게 형성하는 데 미치는 영향을 동생은 너무나 잘 알고 있기에 하나뿐인 딸을 위해서 힘든 결정을 한 거라고 생각했다.

동생네가 이사하고 몇 달이 지난 후 승용차로 두 시간을 넘게 달려서 작은 읍내에 위치한 동생의 약국을 찾았다. 오밀조밀한 읍내의 정류장 앞이었다. 읍내를 가로질러 맑은 냇물이 흘러갔다. 마침 장날이었다. 큼직한 보따리를 머리에 이고 있는 할머니, 백발이 성성한 할아버지, 가방을 멘 학생들이 버스를 기다리는 모습들은 보기만 해도 정감이 넘쳤다. 내가 어릴 때 보아 왔던 풍경들이다.

"산하야! 이곳이 좋으니?"

조카는 살며시 하얀 이를 드러내면서 대답했다.

"외삼촌, 이곳이 너무 좋아요. 나를 괴롭히는 아이들이 한 명도 없어요."

나는 그 말이 우습기도 하면서 다행이라는 생각이 들었다. 캐나다에서 태어나 그곳에서만 살다가 한국에 돌아와 또래 아이들에게 꼬집혀 울면서 집에 돌아오는 하나뿐인 딸을 볼 때마다 동생의 마음은 어떠했을까.

아름다운 자연 속에서 살아가는 아이들은 마음이 곱고 예쁘다. 물론 그런 나라는 범죄율도 매우 적다고 한다. 선진국에서는 많은 투자를 하여 자연을 더욱 아름답게 가꾸면서 그 소중함을 어릴 때부터 일깨워 준다. 그래서인지 도시건 농촌이건 어딜 가나 풍경이 그림 같다. 우리처럼 명절 때마다 고향을 찾아 죽기 살기로 대이동을 하는 풍경을 문화의 차이라고 생각할 수도 있다. 그러나 발길 닿는 곳마다 아름답고 정겨운 풍경 속에서 살아가는 사람들은 모든 곳이 다 고향이 되는 게 아닐까?

예나 지금이나 명절 때면 귀향 차량들이 꼬리를 물고 주차장 같은 길을 밤새도록 기어간다. 그로 인해 즐거워야 할 고향 길은 고행(苦行) 길이 되었다. 그럼에도 불구하고 수많은 사람들이 고향을 찾는 이유는 무엇일까. 한국의 고향에는 숨겨진 아주 특별한 것이 있는가 보다. 그래서 하나뿐인 딸아이를 위해 기꺼이 불편함을 감수하고 시골로 내려간 여동생이 존경스러웠다. 어머니가 그토록 사랑했던 여동생이야말로 한 딸의 위대한 어머니가 된 것이다.

"딸들은
다 도둑년이야"

　　'가지 많은 나무에 바람 잘 날 없다'는 말은 꼭 우리 집을 두고 한 것 같다. 결혼해서 아이 낳고 잘 사는 자식이나 혼자 사는 자식 모두 한 가지 공통점이 있었다. 살다 보면 작든 크든 마음 상할 일이 있게 마련이다. 그런데 그 일을 스스로 해결하지 못하고 어머니에게 달려와 하소연했다. 물론 어머니이기 때문에 당연하다고 생각할 수도 있다. 그러나 사소한 일까지 모두 들어 주셔야 하는 어머니를 해결사나 성직자로 착각하는 것이 문제였다.

　　딸과 어머니의 관계는 풀 수 없는 수수께끼와도 같다. 어머니는 매년 손이 부르트도록 콩을 심고 가꾸어서 가마솥에 콩을 채우고 불을 지피셨다. 삶은 콩을 절구통에 넣어 한참 동안을 치고 나면 콩의 형체는 사라진다. 그것을 가마니 위에다 몇 번을 던져서 다지고 나면 네모난 메주가 만들어진다. 수십 개의 메줏덩어리는 모두 크기와 모양이 비슷하나 못생긴 건 매한가지다. 그래서 예전에는 못생긴 아이들을 메줏덩어리를 닮았다고 놀려댔다.

　　그 못난 메줏덩어리는 우리 집에서 없어서는 안 될 중요한 자리를 차지하고 있었다. 간장도 담그고 고추장도 만들어 오만 가지 반찬에 안 들어가는 곳이 없었다.

어머니는 특히 고추장에 더 정성을 쏟으시는 것 같았다. 시집간 딸들에게 주려고 작은 항아리에 고추장을 담아서 가끔씩 들여다보면서 고추장이 잘되었나 확인해 보곤 하셨다. 고추장이 어느 정도 숙성되면 항아리를 보자기에 싸 들고 딸들 집으로 향하셨다. 그날만큼은 기운이 넘치고 싱글벙글하셨다.

"엄니, 옛말에 딸년은 모두 도둑년이라고 했는데 그게 맞우."

"네놈도 사내놈이라고 별수 없구나. 동네방네 돌아다니면서 떠들어대거라. 나는 아들놈보다 딸이 더 좋다."

어머니는 눈 하나 깜짝하지 않고 다리를 절룩거리며 고추장 항아리를 들고 버스 정류장으로 향하셨다. 내가 생각해도 무뚝뚝한 아들보다는 비록 도둑년 소리를 들을지언정 어머니에게는 상냥하며 섬세한 딸들에게 더 정이 가실 것이다.

똥지게와
요강

우리 집 변소는 대문 밖으로 한참 떨어진 곳에 있었다. 그렇기 때문에 한밤중에 볼일 보러 가야 할 때는 무섭고 불편했다. 옛말에 변소와 처갓집은 멀리 떨어져 있어야 한다고 했는데 그 이유를 알 수가 없다.

겨울에는 분뇨를 똥지게로 퍼 날라 보리밭에 비료 대신 뿌려야 했다. 그런데 아버지는 어머니에게만큼은 그 일을 못하게 하셨다. 결국 똥 푸는 일은 내 차지가 되었으며, 하루 종일 똥지게를 지고 나면 허리에 바위가 매달린 듯 무겁고 통증이 심했다. 일 년에 몇 번씩 그 일을 도맡아 하다 보니 몇 지게를 퍼내야만 바닥이 드러난다는 것을 쉽게 알 수 있었다.

그 시절에는 똥이 농사에 보약과도 같았다. 배추밭이건 보리밭이건 고구마밭, 감자밭, 똥이 없이는 되는 것이 없었다. 그래서 똥이 더러운 것이 아니라 꼭 필요한 비료라고 생각했다.

어머니는 땀을 뻘뻘 흘리며 똥을 퍼 나르는 내가 불쌍했던지 함께하자고 하셨다.

"엄니, 그 무서운 아버지도 엄니가 똥지게를 못 지게 하셨는데 딴 일은 몰라도 똥지게는 절대로 안 돼요."

세상이 달라져서 제일 좋은 건 화장실이다. 옛날에는 밤에 화장실 가는 게 고역이었다.

"오늘 하루에 변소를 다 비울 수 있겠어?"

"달이 뜰 때면 끝날 거예요."

어머니는 칠순이 되면서부터 변소까지 가는 데 어려움이 많으셨다. 하도 일을 많이 하신 탓에 허리는 물론이고 가끔씩 무릎이 퉁퉁 붓기가 일쑤였다. 나는 생각다 못해 양은으로 만든 요강을 사다 드렸다. 처음에 어머니는 겸연쩍어하시더니 결국 요강을 사용하셨다. 매일 아침마다 내가 일어나기 전에 가득 찬 요강을 하수구에 버려도 될 것을 굳이 멀리 떨어진 변소까지 들고 가서 쏟으셨다. 변소는 한 키가 넘는 깊은 웅덩이와도 같았다. 행여 어머니가 요강을 쏟으시다가 변소에 빠질까 은근히 걱정이 되었다. 그래서 어머니가 보는 앞에서 문 앞 하수구에 요강을 쏟았다. 어머니는 노발대발하시면서 오줌이 얼마나 곡식에 소중한 비료인데 하수구에 버리냐고 목청을 높이셨다.

"내가 백 살까지
살 수 있을까?"

        나무를 연료로 사용했던 시절, 고향의 산에는 나무가 없었다. 나무뿌리까지 뽑아서 땔감으로 사용했으니 벌거숭이 민둥산이 될 수밖에 없었다. 언제부터인가 석탄으로 만든, 구멍이 열아홉 개가 뚫렸다고 해서 십구공탄이라고도 하는 연탄을 사용하게 되었다. 그 이후 산에서 나무를 채취하는 것이 법으로 금지되었다. 그래서 집집마다 연탄 아궁이로 바꿔야 했다. 그런데 연탄이 마을을 흉흉하게 만들었다. 문틈으로 스며든 연탄가스를 마시고 병원으로 실려 간 사람, 구들장으로 가스가 스며들어 와 죽어 나간 사람 얘기가 여기저기서 들려왔다.

    어머니 방만큼은 연탄보일러를 설치해 드렸다. 하루에 두 번씩 연탄을 갈아야 하는 번거로움이 따랐으나 불 때는 것보다는 편리했다. 그러나 연탄을 갈 때는 가스가 올라와 어지러웠다. 웬만한 집들은 일찌감치 기름보일러로 바꿔서 가스의 위험에서 벗어날 수 있었다. 기름보일러는 연탄보일러에 비해 연료값이 비싼 흠이 있었으나 위험성과 번거로움이 덜했다.

    어머니는 연탄재를 차곡차곡 쌓아 놓았다가 봄이면 밭에 뿌리셨다. 나는 연탄재가 무슨 거름이 되느냐고 물었다. 그런데 어머니는 성분을 실험해 본 것도 아니

세상에서 가장 눈물겹고 따뜻한 길 | 149

면서 훌륭한 거름이 된다고 하셨다. 연탄재를 뿌린 곳에는 잡초가 덜 자랄 뿐만 아니라 배수가 잘 되어 채소가 잘된다고 하셨다. 나는 연탄가스의 위험성과 기름보일러의 편리함, 안전에 대해서 틈만 나면 말씀드렸다. 그리고 기름보일러로 바꾸자고 했으나 어머니는 들은 체도 하지 않으셨다.

"엄니, 연탄을 때는 집에서 가끔씩 사람이 죽어 나가는 걸 잘 알고 있잖아요. 엄니하고 나하고 한꺼번에 죽으면 억울해서 어떡해요."

"이런 잡놈 같으니라고. 죽긴 왜 죽어. 기름 한 방울 안 나는 나라에서 펑펑 기름을 쓰게 되면 그 돈이 어디서 나오냐?"

"그런 걱정은 하실 필요가 없어요. 우리보다 못사는 집들도 기름보일러로 바꾸잖아요. 엄니는 돈이 사람 목숨보다 더 중요하다고 그러세요?"

"누가 죽는데? 이렇게 멀쩡하게 잘 살고 있는데."

더 이상 어머니를 설득한다는 것은 의미가 없다고 생각했다. 물론 내가 여유가 있다면 무조건 바꾸고 싶었다. 결국 이번에도 막내딸이 그 책임을 떠맡았다. 어머니가 집을 비우신 사이 동생은 미리 계약한 기름보일러 기술자들과 들이닥쳐 순식간에 보일러를 설치했다.

어머니가 집에 돌아오셨을 때는 보일러가 돌아가 방이 뜨겁게 달구어져 있었다. 연탄을 땔 때보다 방이 더 훈훈했다. 어머니는 기름보일러로 바꾼 줄도 모르고 왜 이렇게 방이 덥냐고 하셨다. 얼마 후 연탄 갈 시간이 되었다고 하시면서 보일러 쪽으로 나가셨다.

잠시 후 어머니는 고래고래 소리를 지르며 나와 동생을 부르셨다.

"이런 돈 있으면 에미를 주거라. 그 비싼 기름을 어떻게 감당하려고."

"오빠와 함께 기름값을 낼 거니 엄마는 걱정하지 마요."

"병관이 놈이 돈이 어디 있어? 사진에 미친 놈이 필름 살 돈도 없어서 며칠씩 방구석에 처박혀 나오지도 않는데."

연탄보일러 들여놓던 날을 잊을 수가 없다.

나는 어머니 말씀에 어떤 변명도 할 수 없었다. 가끔씩 어머니가 한 푼 두 푼 모아 둔 용돈을 필름값으로 받아 왔기 때문이다. 어머니는 그래서 형제들로부터 미움을 받으셨다. 물론 나도 마찬가지였다. 어머니 말씀대로 필름이 떨어지면 며칠씩 방에서 꼼짝하지 않았다. 그럴 때마다 행여 내가 죽지 않았나 해서 어머니는 뻔질나게 내 방을 드나드셨다.

내 방은 온통 사진과 버린 필름으로 어수선했다. 어머니는 아무것도 안 하고 누워 있는 나를 힐끔 바라보셨다.

"저 감나무에 감이 언제 열리려나?"

"엄니, 지금은 한겨울인데 웬 감타령이우. 선반에 홍시는 다 잡수셨우?"

"겨울에 열리는 감은 없겠지?"

"남쪽 나라에는 열린데요."

"먹고 싶은 것 마음대로 먹을 수 있고, 좋은 옷에다 자식놈이 사진을 펑펑 찍어대는 세상을 구경해 보지 못하고 일찌감치 떠난 네 아버지가 불쌍하다."

"엄니는 백 살까지 살 텐데 뭘 걱정이우."

"네놈이 내가 진짜 백 살까지 산다면 고려장을 지내지 않을까, 그게 싫어서 백 살까지 살지 않으련다."

어머니는 잠시 누워 계시다가는 자리에서 일어나 작은 소리로 말씀하셨다.

"얘, 정말 내가 백 살까지 살 수 있을까?"

금반지를
사기꾼에게

　　시내에 살고 있는 둘째딸 집에 가시던 중 그토록 아끼던 서 돈
짜리 금반지와 한 푼 두 푼 모아 둔 돈을 몽땅 사기꾼에게 빼앗기고 어머니는 머리
를 싸매고 자리에 누우셨다.

　　"버스에서 내리자마자 말쑥하게 차려입은 놈이 다가와 깍듯이 절을 해서 네 친
구인 줄 알았지. 그런데 그놈이 다급한 투로 네가 교통사고를 내서 경찰서에 붙잡
혀 있다고 하면서 빨리 합의금을 내지 못하면 철창신세를 진다는 거야. 나는 그놈
을 붙잡고 우리 아들을 구해 달라고 매달렸지. 그놈이 지금 가진 돈이 얼마 있냐고
해서 짬짬이 모아 둔 돈이 조금 있다고 했지. 그놈이 내 반지를 보더니 반지를 빼서
팔아 합치면 충분히 될 거라고 해서 잘 빠지지도 않는 반지를 침을 발라 겨우 빼 줬
더니 한참을 기다려도 그놈이 안 오는 거야."

　　"엄니, 반지는 또 사면 돼. 그놈을 만나도 별수 없대요."

　　"애, 반지 찾기는 다 글렀지?"

　　"어떻게 생긴 놈인지 생각나요? 벼락 맞아 죽을 놈."

　　나는 어머니 마음을 진정시켜 드리기 위해 파출소에 신고하러 간다고 나왔다.

내가 사다 드린 금반지를 어머니는 다이아몬드 반지인 양 애지중지하셨다.

기껏 해야 금반지 서 돈인데 병관이가 사 준 거라고 침이 마르도록 자랑을 하면서 단 한 번도 그 반지를 손가락에서 빼지 않으셨다.

어머니는 두 손을 항상 포개 놓아도 반지 낀 손이 보이도록 하셨다. 동네 다른 집 아들은 큰돈을 주고 보석반지를 사다가 부모님께 선물했다는 소리를 들으셔도 얼굴색 하나 변하지 않으셨다.

그렇게 소중한 반지를 두 눈 멀쩡히 뜨고 사기를 당하셨으니, 어머니 마음을 나는 누구보다 잘 알고 있었다.

"일주일만 기다리면 돈이 많이 생겨 더 크고 좋은 금반지를 사 드릴 테니, 일어나 밥이나 먹읍시다."

"네놈이 돈을 어디서 벌어 와. 공연히 날 속이려 들지 마."

한겨울에도 장갑을 끼지 않는 분이 금반지는 손가락에서 빼지 않으셨다.

"엄니, 거짓말이 아니에요."

"이놈아, 사람이 거짓말시키냐. 돈이 거짓말시키지. 넌 돈 벌긴 다 틀린 놈이야. 행여 카메라를 팔아 치우려는 건 아니겠지?"

나는 더 이상 어머니에게 아무 말도 할 수 없었다. 모두 맞는 말이었기 때문이다. 그나마 사용하는 중고 카메라를 팔아서 반지를 사다 드리려고 했던 것을 어머니가 귀신처럼 알아차리신 것이다.

"노름꾼은
제 계집도 팔아먹는다"

        어머니는 화면이 떨리는 작은 텔레비전을 밤낮으로 보시는 게 유일한 즐거움이었다. 그나마 텔레비전은 어머니 방에 한 대뿐이었다. 어머니가 늘 보시는 프로는 〈가요무대〉와 드라마였다. 나는 가끔씩 축구경기나 다큐멘터리, 쇼 프로그램 같은 것을 보려고 어머니 방으로 갔다. 당시 인기 있던 〈쇼쇼쇼〉를 보기 위해 채널을 돌리자마자 어머니가 마구 욕을 해대셨다.

"저런 미친 것들. 저 옷 입은 걸 봐. 세상이 말세로구나."

"치마를 짧게 입으면 옷감도 덜 들고 시원해서 얼마나 보기 좋아요."

"그럼 아예 벗고 다니지 그러냐? 넌 당최 저런 계집은 쳐다보지도 말아야 해."

"난 저런 여자가 좋은데."

"죽일 놈. 당장 딴 데 틀어."

"그럼 반을 갈라서 보자구요."

"이게 네가 사 온 거냐? 막내가 사 왔지. 돈 많으면 하나 사서 네 방에서 봐."

        어머니 청력이 점점 안 좋아졌기 때문에 내 목소리는 상대적으로 점점 더 커졌다. 누가 들으면 어머니를 구박하는 고약한 자식이라고 생각할 게 뻔했다. 어머니는 텔레비전 채널만큼은 양보하지 않으셨다. 그래서 생각해 낸 것이 화투를 사다 드리는 것이었다. 화투가 치매 예방효과는 물론 텔레비전 방송이 끝난 시간에도 어머니의 좋은 친구가 될 것 같아서였다. 어떤 것이든 사 왔다고 하면 질색을 하셨으나 이번만큼은 예외였다. 화투를 만져 보시더니 좋은 걸 사 왔다고 반색을 하셨다. 어머니는 연세가 들면서 몸이 더 안 좋아져 예전처럼 모든 걸 당신 맘대로 하실 수 없고, 어디를 가실 수도 없는 처지가 되고 보니 하루하루 살아가는 것이 고통이셨을 것이다.

　며칠이 지난 뒤 우리 집에 좋은 화투가 있다는 소문이 났는지 어머니 방은 동네 손님들로 북적거렸다. 나는 가끔씩 할머니들이 좋아하는 부드러운 과자와 사탕을 사다 드렸다. 그리고 어머니께는 십 원짜리 동전을 바꿔다 드리면서 심심하실 때 돈 따먹기나 자장면 내기를 하시라고 했다.

　긴긴 겨울밤 나는 가끔씩 어머니의 화투 상대가 되었다. 나는 일 점에 백 원씩 내기를 주장했지만 어머니는 십 원짜리를 고수하셨다. 결국 어머니 생각대로 십 원짜리 내기 화투를 쳤다. 어머니를 속이는 건 식은 죽 먹기보다 쉬웠다. 누가 가르쳐 준 것도 아닌데 나는 일찌감치 화투를 잘 쳤다. 한번은 어머니가 넣어 둔 동전 그릇을 몽땅 비울 만큼 땄다. 그리고 얼마 후 반대로 어머니가 내 돈을 모두 털어 가시게 화투패를 골라 드렸다. 어머니는 전혀 눈치를 못 채고 어린아이처럼 좋아하셨다. 새벽이 넘어서 화투판이 끝나기가 무섭게 이렇게 말씀하셨다.

　"너는 절대로 어디 가서 화투를 치면 안 된다. 에미에게도 모두 털리는 마당에 집안 망하기 십상이야. 노름꾼치고 제대로 되는 집 없다. 나중에는 같이 사는 계집까지 팔아먹는 게 노름꾼이야."

　"저보고 사진 찍어 돈 벌기는 다 틀린 놈이라고 했잖아요. 이참에 노름꾼으로 나갈까?"

　"돈은 못 벌어 와도 좋으니 사진은 찍고, 노름판 근처에도 가면 안 돼!"

"나도 돈 많이 벌어 엄니께 드리고 싶은데 노름이 빠를 것 같아."

"에미가 죽는 꼴 보려고 자꾸 노름꾼 얘기를 해. 열심히 일해서 돈을 벌려고 해야지. 두 눈 뜨고 남의 돈 빼앗는 노름꾼은 도둑놈보다 더 나쁜 놈이야."

어머니 말씀에 공감이 갔다. 화투는 칠수록 재미를 느끼게 하는 것이 마약과도 같았다. 게다가 나도 어머니를 속여 먹는데 하물며 노름꾼들이야 온갖 속임수로 상대의 돈을 몽땅 털어 갈 거라는 생각이 들었다.

어느 날 아침 밥상 앞에서 어머니가 꿈 얘기를 하셨다. 나도 돼지꿈을 꾼 터라 어머니에게 복권을 사자고 말씀드렸다. 그러나 어머니는 들은 체도 안 하셨다. 어머니가 못 들은 걸로 착각하고 귀에다 대고 크게 소리를 질렀다.

"엄니, 좋은 꿈을 꾸었는데 복권 사게 돈 좀 꺼내요."

"에미 귀청 떨어질라. 네가 언제 돈 한 푼 주었냐? 내놓으라 하게."

"복권을 꼭 사야 하는 꿈이야. 한 번 속는 셈치고 오천 원어치만 삽시다."

"넌 아버지 계셨으면 당장 한 대 맞았을 거야."

사실 내 마음은 반반이었다. 좋은 꿈이 아까워서였고, 또 한편으로는 어머니와 재미있는 얘깃거리가 되기 때문이었다. 그런데 어머니 스스로도 좋은 꿈이라고 하시면서 복권 사는 데는 단 한 번도 허락하지 않으셨다. 그래서 나는 꾀를 짜냈다. 어머니가 좋은 꿈을 꾸셨다는 날에는 그 꿈을 사기로 했다. 그리고 복권을 한 번 사 보기로 했다. 책방에 가서 꿈 해몽 책을 사다가 열심히 보았다. 어느 날 아침 밥상머리에서 어머니가 꿈 얘기를 하셨는데 기막힌 길몽이었다. 꿈 해몽 책을 몇 번이나 보아도 대단한 꿈이었다. 나는 천 원짜리 한 장을 내놓으면서 그 꿈을 파시라고 했다. 그런데 어머니는 들은 체도 안 하셨다. 나는 속이 달아올랐다. 결국 오천 원 권 한 장을 손에 움켜쥐고야 말문을 여셨다.

"참 돈 벌기 쉽구나. 자, 모두 사 간 걸로 해."

나는 밥을 먹는 둥 마는 둥 하며 시내로 가는 버스를 탔다. 오천 원을 더 보태서 복권을 만 원어치나 샀다. 일등 복권이 당첨되면 그 많은 돈을 어떻게 써야 할지가 더 걱정이었다. 그렇지만 쓸 문제는 복권이 당첨된 후에 결정하기로 했다. 돈이 많으면 걱정이 없을 줄 알았는데 걱정이 더 많을 것 같았다. 복권 발표하는 일주일이 너무 길었다. 그러나 내 꿈은 일주일 만에 산산조각이 나고 말았다. 일등은커녕 단 한 장도 맞지 않았다. 어머니를 의심했다. 고약한 꿈을 꾸고 내게 속이고 팔아먹었는지도 모른다는 생각이 들었다.

"엄니, 지난번 내게 팔아먹은 꿈 정말 길몽 맞아?"

"그럼 네게 안 좋은 꿈을 돈 받고 팔았겠냐. 물론 복권은 맞았겠지?"

"한 장도 맞지 않아 이상해서 그래요."

"빌어먹을 놈. 넌 그런 생각을 버리지 않으면 평생 복 받지 못해. 사지가 멀쩡해 가지고 열심히 일을 해서 돈을 벌려고 해야지. 그런 허망한 네 생각을 하늘이 도와줄 것 같으냐?"

그 이후로 아무리 좋은 꿈을 꾸어도 어머니 앞에서 복권 얘기는 꺼내지도 않았다. 어느 날 문상을 갔다가 포커를 하는 사람들 뒤에서 구경하다가 너무 재미있겠다는 생각이 들어 즉석에서 배웠다. 그러고는 곧바로 내기 포커를 쳤다. 정말 재미있고 스릴이 넘쳤다. 얼마 지나지 않아 지갑에 꼭꼭 넣어 두었던 돈을 모두 털리고 말았다. 그 돈은 어머니가 한 푼 두 푼 모았다가 필름 사라고 주신 돈이었다. 나는 그 돈을 포기할 수 없었다. 카메라를 전당포에 맡기고 돈을 받아서 잃은 돈을 되찾아야 한다는 생각뿐이었다. 그런데 하필이면 카메라 가방이 어머니 방에 있었다. 전기세가 많이 나온다는 어머니 성화 때문에 촉수가 작은 전구를 사용해 늘 방이 어두웠다.

방문을 여니 일 년 재수를 보는 화투를 하고 계셨다. 어머니 등은 많이 굽어 있었다. 어머니 말씀이 귓전을 때렸다.

"노름꾼은 함께 사는 계집도 팔아먹는다."

나는 카메라 가방을 들고 나오면서 어머니에게 큰 죄를 짓는 것 같았다. 둥근달이 감나무에 매달려 환하게 웃고 있었다. 자꾸 어머니가 떠올라 전당포로 발걸음이 쉽게 떨어지지 않았다. 감나무 아래 앉아서 둥근달을 바라보며 맹세했다.

'화투는 심심풀이건 가족들이 명절 때 만나서 치는 것이건, 이 세상 모든 화투는 안 한다'고 다짐했다. 눈물이 왈칵 쏟아졌다.

"내 살아생전에
너 부자 되기는 다 틀렸다"

       여름철이 돌아오면 장독대에 피어난 형형색색의 나팔꽃이 장
관을 이루었다. 게다가 감나무에서 울어대는 매미 소리가 무더위를 식혀 주었다.
유별나게 꽃을 좋아하시는 어머니를 위해 장독대 위로 얼기설기 줄을 쳐 놓은 것을
나팔꽃이 타고 올라가 장독대를 온통 꽃으로 덮었다. 그래서 어머니는 내가 작업실
로 사용하는 안방으로 들어와 창문을 열어 놓고 나팔꽃을 바라보시는 게 일과였다.
하루는 현상한 슬라이드 필름을 정리하는 날이었다. 그날은 유난히 사진을 잘못 찍
어서 버리는 필름이 많아 자루가 넘치고도 모자라 방바닥에 수북이 쌓여 있었다.

   "자루에 담아 놓은 저 필름은 버릴 거냐?"

   "오늘은 그나마 버리는 게 적은 날이에요."

   "넌 내가 살아생전에 부자 되기는 다 틀렸어. 네놈에게 기대를 한 게 잘못이지."

   "그 말은 귀가 따갑도록 들었우. 많이 버려야 좋은 사진을 찍을 수 있어요."

   "그건 네가 사진을 못 찍으니 하는 소리지. 많이 버려야 훌륭한 작가가 된다면
나도 얼마든지 버리는 선수가 될 수 있어."

   "엄니가 버리는 것과 내가 버리는 건 달라."

"내가 보기에는 멀쩡한 사진도 버리는 것 같은데 설마 일부러 버리는 건 아니지?"

"필름을 일부러 버리는 사람이 어디 있어요? 더 좋은 사진을 만들기 위해서 버리는 거예요."

"그럼 언제까지 그렇게 많이 버려야 돈도 벌고 훌륭한 작가님이 되냐?"

"엄니, 그건 나도 몰라."

예전 같으면 한참 동안 나팔꽃을 바라보면서 누워 계셨을 텐데 이내 방문을 열고 밖으로 나가셨다. 어머니가 내게 돈은 언제 버냐고 하실 때마다 가슴이 철렁 내려앉았다. 사진을 찍어서 돈을 벌기는커녕 버리는 게 더 많았기 때문이다.

나는 마음에 들 때까지 사진을 찍고 또 찍는 스타일이라 버리는 필름이 유난히 많다.
하지만 노력 끝에 마음에 드는 사진을 건지는 날에는 그렇게 행복할 수가 없다.

"버들강아지가
에미보다 더 소중하냐?"

　　입춘이 지났는데도 개울가 언덕에는 잔설이 쌓여 있었다. 얼마나 봄이 그리웠기에 냇가의 버들강아지가 살며시 고개를 들고 올라오기 시작했다. 그런데 간밤에 눈이 내리고 강풍이 몰아치더니 개울물이 다시 얼었다.

　　나는 아침 일찍 개울가로 달려가 혹시나 버들강아지가 얼어 죽지 않았을까 걱정이 되어 이곳저곳을 살펴보았다. 다행히 죽지는 않은 것 같았으나 몹시 떨고 있었다. 바람은 더욱 모질게 가냘프게 머리를 내밀고 올라온 버들강아지를 후려쳤다. 그 다음 날도 개울가로 달려갔다. 다행히 햇살이 잔설을 녹이고 있었다. 버들강아지는 하루가 다르게 하늘을 향해 올라왔다. 참으로 신기했다.

　　어머니는 봄이 오기도 전에 개울가에 지천으로 널려 있는 버들강아지를 꺾어 오라고 하셨다. 꽃병도 아닌 버려진 작은 항아리에 꽂아 놓기 위해서였다. 그 문제로 한 번씩 어머니와 말다툼을 해야 했다.

　　"버들강아지도 엄연히 하나의 생명인데 추워서 오들오들 떨고 있는 것을 어떻게 목을 꺾어 와요?"

　　"저런 못된 놈. 야, 이놈아. 버들강아지가 에미보다 더 소중하냐?"

겨울을 이겨 낸 버들강아지는 어머니가 안 계신 올해도 여전히 살아남아 나를 반겼다.

"내 말은 버들강아지가 엄니보다 소중하다는 말이 아니고 그것도 살기 위해 한 겨울을 넘기고 힘겹게 목을 들고 올라오는 게 불쌍해서 그래요."

"넌 하나만 알고 둘은 모르는 놈이야. 버들강아지가 추워서 떨고 있는데, 항아리에 물을 채워 따뜻한 안방 창가에 꽂아 놓으면 신이 나서 더 빨리 올라오는 법이야."

결국 나는 개울가로 달려가 낫으로 인정사정없이 버들강아지 목을 잘라 어머니에게 갖다 드렸다. 어머니는 가지를 다듬어 작은 항아리에 물을 담아 꽂아서 햇살이 잘 드는 창가에 놓으셨다. 밖에서는 전깃줄 우는 소리가 무섭게 들려왔다. 문풍

지도 울어댔다. 그런데 개울가 버들강아지는 꼼짝 안 하고 있는데 신기하게도 우리 집 안방의 버들강아지는 하얀 귀를 내밀고 올라왔다. 어머니는 하루에도 몇 번씩 버들강아지를 바라보셨다. 나는 비로소 어머니 말씀이 옳다는 것을 알게 되었다. 그래서인지 나는 버들강아지를 무척 좋아하게 되었다. 봄이 돌아오는 길목에는 어김없이 냇가로 달려가 버들강아지를 더 예쁘게 만들려고 수없이 카메라 셔터를 눌러댔다.

은행이
익어 가는 계절

　　우리 집 대문 앞으로는 은행나무, 대추나무, 미루나무 그리고 개나리꽃이 빼곡하게 들어차 있었다. 그 나무들은 모두 어릴 때 형과 함께 심은 것들이다. 그중에서도 개나리꽃은 어머니가 창문을 열면 바로 보실 수 있도록 정성을 들여 심었다.

　가을이 되면 어머니는 떨어지는 은행을 줍기 위해 해가 뜨기도 전에 은행나무 밑에서 날이 밝기를 기다리셨다. 길가이기 때문에 오가는 사람들이 모두 집어 간다는 이유에서다. 은행은 한 해 걸러 많이 열리고 적게 열린다. 어머니는 은행이 많이 열리는 해를 기억했다가 은행잎이 나오기도 전에 어디에 쓸 것인지 미리 결정하셨다. 은행을 만지면 옻이 올라 고생하는 사람들이 종종 있다. 그런데 어머니는 아무 이상이 없어서 참으로 다행이었다.

　은행을 손질하려면 우선 떨어진 은행을 함지박에 가득 담아 한참 동안 손으로 비벼서 물렁한 껍질을 벗겨야 한다. 그런데 그 냄새가 꼭 인분 냄새와 같아 코를 막아야 했다. 게다가 깨끗한 물에 담가 여러 날 냄새를 제거한 후 햇볕에 말려야 진짜 은행이 된다. 나는 은행을 안 먹고 말지 그 일은 못하겠다고 했다.

어머니에게는 자식이 전부였다.

여러 날 말린 은행은 크고 작은 것을 골라 따로따로 자루에 담으셨다. 그런데 참 이상한 것은 알이 큰 은행은 그토록 못마땅해하는 큰아들 몫으로 꼭 먼저 챙겨 놓으셨다. 내가 그 은행이 탐이 나 손을 대면 노발대발하셨다. 어머니는 형이 기침할 때마다 형수를 못된 여자로 몰아붙이셨다. 그래서 형수는 어머니에게 늘 불만이 쌓여 있었다. 그러나 입이 무거운 형수는 좀처럼 밖으로 불만을 드러내지는 않았다. 그렇다고 해도 어머니와의 관계가 좋을 리 없었다. 형수는 어머니와 함께 사는 죄로 나까지 아주 못마땅하게 생각했다.

형과 나는 삶의 방식과 생각이 달라도 한참 달랐기 때문에 아래윗집에 산다는 게 불편했다. 어머니가 형과 형수를 못마땅해할수록 불만의 화살은 모두 내게 날아왔다. 그런 어머니가 은행 철만 되면 마음이 싹 돌아서시는 이유를 알 수가 없었다.

노란 은행나무 아래 어머니가 서 계신 모습을 사진이 아닌,
내 눈으로 다시 볼 수만 있다면…….

어느 해 잘 말린 은행을 자루에 담아 큰아들 집에 들고 가시다가 넘어지면서 허리를 다쳐 크게 고생하셨다. 그러나 그 다음 해에도 은행 줍는 일은 멈추지 않으셨다. 나는 부아가 치밀어 은행나무를 모두 베어 버리겠다고 했다. 톱을 찾아 은행나무 앞으로 갔다. 어머니는 은행나무 앞에 버티고 서 계셨다.

"이 못된 놈아. 은행나무를 베려거든 네 에미를 먼저 베거라. 은행나무가 네놈에게 밥을 달라던, 돈을 달라던."

나는 어머니가 은행나무 앞에 막아서실 줄은 몰랐다.

"난 엄니가 은행 때문에 또 다치실까 봐 그런 거예요."

"너도 은행을 많이 먹어야 피가 맑아져."

그 딱딱한 은행 껍질을 망치로 두드려 까서 프라이팬에 볶아 저녁에 꼭꼭 열세 알씩 주시던 생각이 그때서야 떠올랐다.

열 손가락 깨물어 안 아픈 손가락이 없다는 말이 옳다고 생각했다. 나는 그 이후로 어머니가 하시던 은행 줍는 일을 도맡아 했다. 그리고 형네 줄 알이 굵은 은행을 골라서 자루에 따로 담아 놓았다. 어머니는 흐뭇해하셨다. 은행이 익어 가는 계절이 오면 어머니의 즐거움은 어디에도 비교할 수가 없었다.

"마음으로
세상을 보거라"

아버지 산소 가는 길 옆에는 오래 묵은 도토리나무 한 그루가 비스듬히 서 있었다. 여름이면 시원한 그늘을 만들어 주고 매미와 쓰르라미가 목이 터져라 노래를 불렀다. 가을이 되면 도토리가 떨어지기 때문에 어머니는 소쿠리를 들고 도토리나무 밑으로 향하셨다. 주워 온 도토리는 껍질을 까서 말려 하얀 가루로 만드셨다. 도토리가루와 물을 섞어서 가마솥에 넣고 불을 때면서 한참 저으면 도토리묵이 만들어졌다. 그렇게 만들어진 도토리묵은 제일 먼저 형체도 없는 아버지 드시라고 상 위에 올려놓으셨다.

"엄니, 돌아가신 아버지가 그 음식을 정말 드실까?"

"이 못난 놈아. 잡수시니까 상 차려 바치지."

"내 눈엔 안 보이는데."

"네놈 눈에 보일 리가 있겠냐."

"그럼 엄니 눈에는 보인단 말예요?"

"아, 저렇게 잡숫고 있지 않냐?"

어머니는 거짓말을 하지 않는다는 걸 어릴 때부터 믿어 왔기에 이 말씀을 믿을 수도

도토리는 껍질을 까 말린 다음 가루로 만들어 도토리묵을 만드셨다.

안 믿을 수도 없었다. 얼마 후 상에서 도토리묵을 내리면서 이렇게 말씀하셨다.

"눈으로 보지 말고 마음으로 본다면 이 세상 모든 게 안 보일 리가 없다."

그러나 어머니 말씀대로 아무리 마음으로 세상을 보려고 노력해도 보이지 않았다. 삶과 죽음에 관해 늘 고민하며 관련 서적을 찾아보았지만, 결국 세상을 마음으로 보려면 학문으로는 한계가 있다는 걸 알게 되었다. 어머니는 경험과 풍습을 중요하게 생각하셨기 때문에 가끔 지식으로는 도저히 이해할 수 없는 말씀들이 많았다. 그러나 세월이 지나면서 어머니의 논리는 이 세상 어느 학문보다도 훌륭하다고 생각했다.

대보름달을
찾아서

일 년 열두 달 중에서 달이 제일 크게 떠오르는 음력 1월 15일, 이날 고향 사람들은 여러 가지 민속놀이를 하고 뒷동산에 올라가 떠오르는 달을 바라보며 두 손을 합장하고 소망을 빌었다.

어머니는 둥근달을 바라보며 "네 눈에는 저 달이 얼마나 크게 보이냐?"고 물으셨다. 그런데 내 눈에는 큰 구슬만 하게 보일 때도 있고 빈대떡만 하게 보일 때도 있었다. 어머니는 엄지와 검지로 둥근 모양을 만드시더니 달을 들여다보라고 하셨다. 그 구멍으로 달을 들여다보니 구슬만 했다. 다시 두 팔을 벌려 원을 만들고 그곳으로 달을 보라고 하셨다. 이상하게 같은 달인데도 크게 보였다.

그 큰 보름달이 구슬만 하게 작게 보이는 이유를 내 눈이 작아서일 거라고 생각했다. 그런데 어머니는 "저 달이 멍석만큼이나 크구나!" 하시면서 구슬만 하게 보면 구슬이 되는 것이고, 멍석만 하게 보면 멍석만큼 큰 달이 되는 거라고 말씀하셨다. 어린 나는 어머니의 그 말씀을 도무지 이해할 수 없었다. 하지만 어머니가 세상을 떠나신 후 난 그 말씀을 되새기면서 사진을 만들고 있다. 금년 1월 대보름에는 고향의 뒷동산에 올라가 떠오르는 둥근달을 바라보며 그리운 어머니를 볼 수 있게

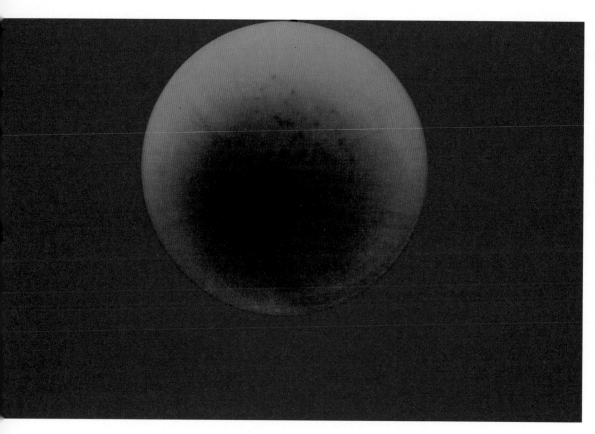

보이지 않는 것을 볼 줄 알아야 한다던 어머니 눈에도 지금 이 달이 보일까?

해달라는 소원을 빌기로 작정했으나 산에 오르지도 못했다.

　아주 큰 달을 만들기로 작정하고 보름달을 찾아 나섰다. 나는 늘 상상력과 현실을 어떻게 하면 사진으로 만들 수 있을까를 끊임없이 고민하고 있다. 물론 현대화된 컴퓨터 프로그램을 통해서 원하는 사진을 만들 수도 있겠으나 나는 자연 속에서 교감하며 찾아내 만드는 것을 원칙으로 하고 있다. 상상했던 주제를 어렵사리 자연 속에서 찾아내는 그 기쁨은 상상을 초월한다. 그래서 사진가의 길을 멈출 수가 없는 것이다. 화가는 인공적으로 만든 물감을 칠해서 작품을 완성하지만, 사진가

자연 빛으로 완성한 사진이라 더 애착이 간다.

는 하늘에서 내려온 빛이 자연과 어우러진 그 색을 찾아 만들기 때문에 더 곱고 아름다울 수밖에 없다.

보름달은 하늘에만 있는 것이 아니다. 내 마음속에 있는 달도 달이다. 그런 달을 만드는 것이 사진가의 꿈이며 소망이다.

앞니 두 개,
어금니 한 개만으로

아랫집에 혼자 사는 할머니가 가끔씩 우리 집에 오셨다. 어머니는 그 할머니에게 꼭 아주머니라고 부르시면서 예의를 갖추었다. 그 할머니 연세는 아흔이셨다. 어머니보다 열다섯 살이나 많은데도 오히려 더 꼬장꼬장하셨다. 그 할머니와 함께 가끔 식사를 할 때가 있었다. 어머니와 나는 국에 말아 먹기를 좋아했다. 그러나 할머니는 양은 적지만 대부분 고추장이나 나물을 넣고 비벼서 오물오물 오래 씹어서 잡수셨다. 어머니가 오징어를 좋아하셨기에 가끔씩 오징어를 사다 드렸는데 어머니는 드시지 않고 그 할머니에게 드렸다. 나는 할머니가 딱딱한 오징어를 못 잡수실 거라고 생각했다. 그런데 할머니는 오징어를 아주 맛있다고 하시면서 질근질근 씹어서 잘 잡수셨다. 그 할머니가 어머니 오징어를 모두 빼앗아 드시는 것 같아 얄밉다는 생각이 들었다.

어느 날 어머니가 머뭇거리면서 내게 물으셨다.

"틀니를 하려면 돈이 얼마나 들까? 엄청나게 많이 든다는데 혹 알고 있냐? 그 아주머니는 딸이 틀니를 해 주었다는데 고구마, 오징어 같은 것도 잘 잡수시더구나."

나는 그때서야 어머니가 그토록 좋아하는 오징어를 못 드신 이유를 알게 되었다. 간혹 오징어 발을 입에 물고 오래도록 빨고 계신 걸 보았으나 대수롭지 않게 생각했다.

어머니는 간혹 입을 벌리고 주무셨다. 곤히 잠드셨을 때 입 안을 자세히 들여다보았다. 그런데 이라고는 앞니 두 개와 어금니 한 개가 전부였다. 나는 그날 밤 어머니가 불쌍해 잠을 이룰 수가 없었다. 고생고생하며 자식들을 키웠으나 선뜻 틀니해 달라고 할 자식 하나 없다는 사실에 가슴이 미어졌다.

그 다음 날 치과에 가서 의사와 상의해 보니 틀니를 해 드리면 음식을 드시는 데별 지장이 없을 거라고 했다. 그런데 틀니를 하는 돈이 내게는 상상할 수 없을 만큼거액이었다. 고민 끝에 막내와 의논해야겠다 생각했다. 그런데 어머니는 내 생각을어떻게 아셨는지 주무시다 말고 벌떡 일어나셨다.

"너, 이 얘기는 아무한테도 하지 말거라. 언제 죽을지 모를 늙은이 이빨을 해봐야 공연한 짓 하는 거야."

어머니 뜻이 하도 강해서 차일피일 미루다가 그만 새까맣게 잊어버리고 말았다. 그 이후로 오징어 대신 잘게 찢어 놓은 오징어채와 홍시 같은 물렁한 것을 사다 드렸다. 어머니는 동네 손님들이 오기만 하면 내 자랑을 하셨다. 사정을 모르는 동네사람들은 날보고 효자라고 했다.

결국 어머니는 치아 세 개로만 사시다가 세상을 떠나셨다. 그리고 몇 년이 지난후 나는 이가 아파 치과를 찾았다. 양쪽 어금니 두 개가 조금 썩어서 금으로 덮어야하는데 치료비가 비싸다는 생각이 들어 선뜻 치료를 할 수 없었다. 나는 두 개 이가아파도 참기 힘든데, 이가 모두 썩어 세 개만 남도록 불편함을 얘기하지 않으신 어머니를 생각하면 나는 아주 못된 자식이다.

누님이 어디서 내 이가 아프다는 말을 듣고는 그냥 두면 소나타 한 대 값인데 알아서 하라고 했다. 나는 겁이 덜컥 났다. 어쩔 수 없이 치과에서 치료를 받기 시작했다. 치료대 위에 누워서 기다리는 동안 어머니에게 죄송스러웠다. 어머니는 자식들에게 부담 주기 싫어서 음식을 잇몸으로 잡수시면서도 그 모든 불편함을 내색 한 번 안 하셨다. 그런데 나는 충치가 조금 생겼다고 거금을 들여 금니를 하려고 하니 누워 있는 내 모습이 너무 싫어서 마주 보이는 거울을 옮겨 달라고 했다.

이를 모두 다 치료했건만 문제가 생겼다. 잇몸이 붓고 통증 때문에 음식을 씹을 수 없게 되었다. 치과에서도 그 원인을 찾지 못했다. 나는 평소 알고 지내던 이홍우 치과를 찾아갔다. 이홍우 원장이 명의로 소문난 걸 오래전부터 알고 있었지만 집에서 멀어 동네에서 치료를 했던 것이다. 그는 명의답게 원인을 빨리 찾아냈다. 이를 빼서 다시 치료하거나 구멍을 뚫어서 침투한 세균을 죽여야 하니 원래 치료한 곳에서 해야 효과적이라고 했다. 의사나 모든 전문직 종사자는 한결같이 오랜 경륜이 중요하다는 걸 다시 한 번 깨닫게 되었다. 한편으로는 어머니의 틀니 하나 못해 드린 죄를 지금 받는 것이라는 생각이 들었다.

어머니가 억척스럽게
변한 이유

집 앞 도로변에는 원두막이 하나 있었다. 가을에 포도를 팔기 위해서 만든 원두막이었다. 원두막 앞으로는 차량들이 꼬리를 물고 소래포구로 향했다. 어머니는 원두막에 이것저것 농산물을 쌓아 놓고 아침부터 손님을 기다렸다. 쌓아 놓은 농산물 중에서도 어머니가 가꾼 호박은 그런 대로 볼품이 있어서 상품가치가 있어 보였다. 호박은 아무 데서나 잘 자라기 때문에 거름 한 번 주지 않았는데도 제법 많이 열렸다. 그런데 배추는 거름을 제때 주지 않아 속이 차지 않아서 볼품이 없었다. 다 팔아도 몇 푼 안 되는 것들이지만 장사로 한평생을 살아오셨기에 재미로 소일 삼아 하시는 것 같았다. 게다가 동네 아주머니들이 몰려와 말벗이 되어주니 어머니는 신명이 나셨다.

하루는 어머니가 무척 화가 나셨다. 사람들이 몰려와 만져만 보더니 그냥 가 버려서 욕을 해주셨단다.

"엄니, 물건을 사고 안 사고는 그 사람들 맘이지 왜 욕을 해요."

"넌 잠자코 있어. 몇 푼 안 되는 걸 깎으려고 해서 안 팔았는데, 돌아서면서 배부른 할멈이라고 하는 거야."

동네 도로변 원두막에서 어머니는 직접 재배한 야채를 팔곤 하셨다.

"안 사는 데는 그럴 만한 이유가 있겠지."

"네놈은 에미 말은 안 듣고 신랑 골 빼 먹고 돌아다니는 여자들 말만 믿어."

"배추가 속이 차지 않아서 나라도 사고 싶은 마음이 안 들거유."

"그러니까 값이 싸지. 내가 장사로 일곱 자식놈을 먹여 살렸는데 행여 못 먹을 것을 내다 놓았겠어."

"엄니, 그래도 심심풀이로 생각하고 당최 역정은 내지 마세요."

"네놈이 아무리 공자님 말씀을 한들 소용이 없어. 그것들이 먹고 마시고 비싼 옷 사 입는 데는 펑펑 쓰면서 콩나물 값 깎는 것들이야. 그런 여자 만나면 사내놈 신세 알 만하지."

"엄니 말이 모두 맞아. 그런데 엄니는 아버지 살아 계실 때는 공손하고 말수도 적으셨는데 변해도 많이 변했우."

"내 나이 마흔다섯에 일곱 자식 놔두고 네 아버지가 훌쩍 떠나 버릴 때 내 마음 이 어쨌는지 네놈이 알겠냐. 에미가 억척스럽게 변하지 않았으면 네놈들은 모두 고 아원 신세가 되었겠지."

나는 더 이상 어머니 마음을 상하게 해 드리고 싶지 않았다. 어머니가 어떤 말씀 을 하셔도 모두 옳다고 생각했기 때문이다.

포도 도둑

　포도 세 알이 포도당 주사 한 병 맞는 것보다 좋다는 막내딸 얘기를 듣고는 포도 철이 돌아오면 어머니는 포도를 쌓아 놓고 잡수셨다. 앞쪽 밭은 큰아들, 뒤쪽은 둘째아들의 포도밭이니 돈 주고 사 먹지 않아도 되는 과일이기에 어머니에게는 포도보다 더 좋은 과일이 없었다. 어머니는 포도로 끼니를 때우시는 날이 많았다.

　어머니는 두 아들이 첫 포도 수확을 하기도 전에 날이 어둑어둑해질 무렵 큰 물통을 내게 건네주면서 손짓을 하셨다. 큰아들 포도밭에 가서 포도를 따 오라는 신호였다. 포도가 익으려면 열흘 이상은 기다려야 하는데 어머니의 성화가 시작된 것이다.

　"자식을 도둑놈으로 만들어 철창신세 지는 꼴을 보시려고 해요?"

　"넌 잔말 말고 에미가 시키는 대로 해."

　"지금 따 봐야 시큼해서 먹지도 못해요. 익으면 어머니 잡수시게 가져올 텐데 왜 먹지도 못하는 포도 도둑질을 시키려고 해요. 그리고 해마다 왜 하필 큰형네 포도밭에서만 포도 도둑질을 해 오라고 하세요?"

"내 땅에 있는 포도 내가 따오라고 하는데, 어느 놈이 뭐라고 해."

"그럼 당당히 낮에 어머니가 포도를 따 오지 꼭 밤에 따 오라는 이유가 뭐유?"

"내가 예전 같으면 네놈한테 시키지도 않아."

한두 번 겪는 일이 아니어서 나는 어머니 마음을 훤히 들여다보고 있었다. 큰형의 포도밭은 아버지가 세상을 뜨시기 전에 어머니 이름으로 등기 이전을 한 유일한 땅이다. 그 땅은 어느 자식이든 당신에게 효도하는 마음 착한 자식과 함께 살라고 하시며 병중에도 등기를 옮겨 놓은 땅이다. 그런데 시내에서 살던 큰아들이 느닷없이 동네에서 제일 큰 집을 짓고 들어와 살기 시작했다. 이유는 어머니를 모시기 위함이라고 했다. 그러나 어머니는 큰아들과 단 하루도 살지 않으셨기 때문에 아주 못마땅하게 생각하셨다. 어머니는 가끔씩 "저것들이 땅이 탐나서 들어왔지"라고 말씀하셨다.

포도 향기가 솔솔 마을을 진동시키기 시작할 무렵, 어머니가 주신 플라스틱 물통 두 개를 들고 포도밭으로 향했다. 무서운 진돗개 두 마리가 지키고 있기 때문에 시궁창이 있는 개울가 쪽으로 향했다. 포도밭에 들어가니 아무것도 보이지 않았다. 익은 포도를 구분할 수가 없었다. 대충 만져 보고 포도를 따서 물통 두 개를 모두 채웠다. 끙끙거리며 개울을 건너는 순간 퀴퀴한 냄새가 나는 시궁창에 넘어지고 말았다. 다행히 물통에 가득 담겨 있는 포도는 이상이 없었다. 잠잠하던 진돗개가 짖기 시작했다. 전속력을 다해 달렸다. 대문을 여니 어머니가 문 앞에서 환한 얼굴로 기다리고 계셨다. 나는 다짜고짜 어머니에게 퍼부었다.

"자식 잘 가르치십니다. 도둑놈 만들어 신세 망치게 하려는 엄니는 한 명도 보지 못했우."

"잔소리 말고 빨리 포도나 이리 쏟아 봐."

"엄니는 자식보다 그놈의 포도가 더 중요해요?"

어머니는 들은 체도 하지 않고 포도송이를 우물가에 있는 큼직한 항아리에 조심

조심 넣으셨다. 덜 익은 붉은 포도는 항아리에서 며칠을 보내면 신맛이 사라지고 먹을 만해졌다. 항아리가 꽉 찰 때까지 어머니는 내게 포도 도둑놈 연습을 시키고 하루에도 몇 번씩 포도 항아리를 열어 보면서 흐뭇해하셨다. 그리고 딸들이 오는 날 덜 익은 포도를 정성스럽게 싸주셨다. 그게 어머니의 즐거움이요 큰아들에 대한 반항이었다. 그래서 포도 철만 다가오면 나는 유능한 포도 도둑이 되었다.

형네 포도밭에 포도가 열리면 어머니는 나에게 채 익지도 않은 포도를 몰래 따 오라고 시키시곤 했다.

어머니
사진 찍는 날

어머니는 아침 일찍 말끔하게 세수를 하신 후 머리를 빗은 다음 손짓으로 나를 부르셨다. 카메라를 가져오라는 신호였다. 어머니가 왜 갑자기 사진을 찍으라고 할까? 옷차림으로 보아 영정 사진 찍으려고 하시는 것 같지는 않았으나 가슴이 뛰고 오만 가지 생각이 떠올랐다. 어머니는 어느새 녹슬고 부서져 건들거리는 대문 앞에서 포즈를 취하셨다.

"네놈이 사진을 얼마나 잘 찍는지 보려고 하니까 네 재주껏 찍어."

나는 갑자기 무서운 생각이 들었다. 어머니가 망령이 나신 게 아닌가 싶어서 우물쭈물했다.

"뭘 해? 어이 찍지. 카메라 약 다 닳겠다."

"왼쪽으로 고개를 조금······."

"저렇게 찍어대니 언제 돈 벌어 에미 호강시켜 주나."

"대문에 살며시 기대요."

나는 땀을 흘리면서 카메라 셔터를 눌러댔다. 마을 사람들이 하나둘 모여들기 시작했다. 모자가 함께 정신이 이상해졌다고 생각하는 것 같았다.

"이제 그만할란다."

그렇게 해서 어머니 사진 찍기는 끝이 났다. 어쨌거나 사진 찍는 날만큼은 즐거워하셨다. 과연 사진이 얼마나 어머니를 만족시켜 줄지 걱정이었다.

어머니의
코피

　　제일 아끼는 막내딸이 온 날 마침 어머니 코에서 빨간 피가 쏟아졌다. 어머니는 대수롭지 않게 휴지를 뜯어서 틀어막으셨다. 나는 한두 번 본 것이 아니기 때문에 아무런 조치도 하지 않았다. 약학을 전공한 막내는 어느 정도 어머니의 증세를 알고 있기 때문에 당장 병원에 가서 수술을 받자고 했다. 그런 수술은 돈도 적게 들고 간단히 끝난다고 어머니를 설득시켰다. 그러나 어머니는 아무 것도 아닌 것을 웬 수술이냐고 펄쩍 뛰며 의사보다 더 잘 알고 계신 듯 말씀하셨다.

　　나는 솔직히 병원비가 걱정이 되어 선뜻 병원에 가 보시자는 말을 하지 못했다. 물론 어머니 코에서 가끔씩 쏟아지는 코피는 큰 병이 원인은 아니었다. 병원에 가서 간단한 수술만 하면 되는 것인데도 자식들 돈을 축내고 싶지 않다는 자식 사랑 옹고집 때문이었다.

아파도 아프다는 말씀을 안 하셨던 어머니에겐 곁에 있는 무심한 아들녀석보다 휴지가 더 살가웠을지 모르겠다.

거지 입학식

밤새도록 함박눈이 내려와 온 마을을 하얗게 덮었다. 오래도록 아무도 살지 않는 옆집은 꼭 귀신이 나올 것처럼 음산했다. 관리를 못한 탓도 있지만 백 년이 넘은 집이기 때문에 이곳저곳이 무너져 내렸다. 무릎까지 쌓인 눈을 쓸어 내고 그 집을 둘러보기 위해 대문을 열었다. 그런데 건넌방에서 사투리 같기도 하고 알아들을 수 없는 소리가 흘러나왔다. 혹 도깨비가 모여든 것이 아닌가 싶어 허겁지겁 어머니에게 말씀드렸다. 어머니는 부엌칼을, 나는 예리한 낫을 들고 살금살금 방문으로 향했다.

분명 사람 소리가 들렸다. 전라도 사투리와 경상도 사투리가 합쳐져 꼭 도깨비들의 소굴 같았다. 내일 눈이 멈추면 강화로 영 뜨러 가자는 말이 들려왔다. 나는 그 말이 시체를 캐러 간다는 말로 들렸기 때문에 오싹했다. 섣불리 도깨비들에게 대들었다가는 어머니와 나는 쥐도 새도 모르게 죽을 수 있다는 생각이 들어 겁이 났다. 어머니 귀에다 대고 그냥 돌아가자고 했다. 그런데 어머니는 한 발자국도 뒤로 물러서지 않으셨다.

어머니는 방문을 활짝 열어젖히고 당장이라도 도깨비들에게 달려드실 기세였다. 나도 덩달아 낫을 높이 들고 어머니 뒤를 따랐다. 하얀 소복을 입고 칼을 든 어머니를 오히려 귀신으로 알았는지 그곳에 있던 사람들은 모두 가마니를 뒤집어썼다. 그들은 도깨비가 아니고 거지들이었다. 거지들은 눈이 많이 와서 잠잘 때를 찾던 중 빈집인 것을 확인하고 들어오게 되었다며 엎드려 잘못을 빌었다. 집으로 돌아온 어머니는 김치 몇 포기와 잡곡이 섞인 쌀을 한 바가지 들고 가셨다. 내일 눈이 많이 와서 양식을 얻으러 가지 못하면 이 쌀로 밥을 해 먹으라고 하셨다. 그리고 각별히 불조심을 하라고 당부하셨다.

나는 그 이후 거지들과 함께 지내는 시간이 많아졌다. 그중에서도 내 마음을 끈거지가 있었다. 나보다 나이가 여섯 살이 많은 거지였는데, 그는 늘 소주병을 차고다녔다. 그는 월남전에 참전하여 다리 하나를 잃고 귀국했다고 한다. 그런데 약혼녀가 다리가 잘린 모습을 보더니 한마디 말도 없이 다른 남자에게 시집을 갔다고 했다. 그래서 그 여자를 잡기 위해 전국을 돌며 거지 노릇을 하고 있다고 했다. 그 시절에는 상이군인의 횡포가 심했고, 거지도 많은 시절이었다. 그가 책읽기를 좋아해나는 그와 많은 이야기를 나눴다. 그는 소설가가 되는 게 꿈이었다고 했다. 그는 아주 똑똑한 거지였다. 당시 나는 입영통지서를 받고 입대 날짜를 기다리고 있던 중이었다. 그와는 호형호제하는 사이가 되었다. 몹시 춥거나 눈이 많이 온 날은 집에서 화투 치는 게 거지들의 일과였다. 거지들이 동냥질을 나가지 못하는 날이면 나는 김치와 쌀을 가끔씩 퍼다 주었다.

어느 날 그 상이군인 거지에게 부탁을 했다. 군에 갈 날이 몇 달 안 남았는데 나도 함께 동냥질을 다니고 싶다고 했다. 그런데 그가 극구 말렸다. 멀쩡한 집 도련님이 왜 거지 행세를 하느냐는 것이었다. 결국 끈질긴 설득 끝에 나의 첫 동냥질 행선지가 강화로 결정되었다.

거지들은 두 명씩 조를 짜서 다녔다. 나는 그와 함께 다니기로 했다. 피부가 하얀나를 보더니 아궁이에서 꺼낸 검은 재를 물에 개어 내 얼굴에 발라 주었다. 거지도 요령이 있어야 밥을 얻어먹을 수 있다고 했다. 그러고는 누덕누덕 꿰맨 군복을 주면서 갈아입으라고 했다. 강화까지 공짜로 버스를 탔다. 차장이나 운전수 모두 차비를 내라고 하지 않았다. 상이군인 거지가 무섭다는 걸 알았기 때문이다.

거지들도 쌀을 얻어 오는 거지, 밥을 얻어 오는 거지, 반찬과 현금을 얻어 오는 거지, 각 조마다 임무가 달랐다. 우리는 영 뜨러 가는 조였다. '영 뜬다'는 말은 쌀을 얻으러 간다는 그들끼리만 통하는 언어였다. 나는 한 되들이 깡통을 차고 부러진 숟가락과 자루를 옆에 메고 다녔다. 강화에 도착하여 부잣집으로 보이는 대문 앞에서 깡통을 치며 주인을 불렀다.

얼마 후 수염을 기른 고약한 노인네가 나오더니 다짜고짜 나에게 똥물을 끼얹었다. 그러고는 대문을 닫아 버렸다. 옆에서 보고만 있던 상이군인 거지가 킥킥대고 웃었다.

"오늘은 틀렸어. 그냥 가세. 재수 더럽게 없는 날이야. 첫 출장치고는 완전 실패작이야."

'인내심을 갖고 의지만 강하다면 이 세상에 못 이룰 것이 없다'고 하시던 어머니 말씀이 떠올랐다. 거지 첫날, 거지 입학식인데 이대로 물러간다면 웃음거리밖에 안 된다고 생각했다. 나는 깡통을 더욱 크게 두드리며 거지들에게 배운 "작년에 왔던 각설이 죽지도 않고 또 왔네. 얼씨구 씨구 다시 들어간다"를 반복해서 외쳤다. 옷에서는 똥냄새가 진동을 했다. 얼마 후 대문이 다시 열렸다. 할머니가 쌀 한 사발과 시루떡 한 조각을 주면서 똥벼락 맞은 걸 알았는지 우물가에서 씻고 가라고 하셨다.

우물가에서는 하얀 블라우스에 빳빳하게 다린 검정색 교복을 입은 여학생이 운동화를 닦고 있었다. 그런데 내 모습을 보더니 하얀 이를 드러내며 쌩긋이 웃고는 귀신처럼 사라졌다. 똥물은 모두 씻어 내렸지만 자꾸만 그 여학생이 아른거렸다.

거지 행세로 얻어먹는 것도 쉬운 일이 아니었다. 어쩌다 다른 파의 거지를 만나면 싸움을 하는 게 보통이었다. 자기 구역인데 어디서 굴러온 놈이냐고 거지 족보를 따졌다. 다행히 나는 다들 무서워하는 상이군인 거지와 다니기 때문에 누구 하나 시비를 걸어오지 않았다. 날이 어두워서야 마지막 인천행 버스에 올랐다. 몹시 피곤해서 버스가 도착할 때까지 졸면서 왔다.

방에는 다섯 명의 거지가 오늘의 수확을 대장 거지에게 보고를 하고 모두 꺼내 놓았다. 우리 조가 제일 많았다. 칭찬이 대단했다. 날 보고 앞으로 거지 조합에 가입하면 두목으로 모시겠다고 했다.

어머니는 다섯 명의 거지 중에서 나와 나이가 비슷한 거지를 아주 못마땅하게 생각하셨다. 사지가 멀쩡하고 인물도 좋은 놈이 할 게 없어서 거지 노릇을 하냐며 절대로 그 거지와는 가깝게 지내지 말라고 하셨다. 나도 그 젊은 거지가 못마땅한 것은 어머니와 같았다. 나머지 거지들은 나이가 많고 병들었거나 다리 하나가 없기 때문에 그런 대로 이해할 수 있었다.

하루는 어머니가 창피해 죽겠다고 하시면서 어디서 얘길 들었는지 네놈도 동냥질 하러 다니는 게 사실이냐고 물으셨다. 거지들이 만나기만 하면 버스 안이건 어디서건 어머니, 어머니 하면서 짐을 받아 주는 걸 동네 사람들이 보고는 병관이도 거지가 되었냐고 물어봤다는 것이다. 할 수 없이 지금까지 거지 행각을 하게 된 이유를 모두 말씀드렸다. 입대하기 전에 새로운 세상을 알고 밑바닥 삶을 살고 있는 거지들과 함께 생활하다 보면 겸손을 배울 것 같아서였다고 말씀드렸다.

"너, 이러다 정말 거지가 되는 게 아니냐? 그 짓도 맛들이면 폐인 되는 건 시간 문제야."

"엄니두. 군에 갈 때까지만 경험 삼아 해 보려는 거니 걱정 마세요. 아무럼 제가 동냥질하며 인생을 보내겠어요."

"그 젊은 거지놈 말이다. 허우대는 멀쩡해 가지고 열심히 일을 해야지. 동냥질 하러 다니는 꼴이 그놈도 인생 망친 놈이야."

"나도 그 거지는 싫어요. 얘기를 들어보니 집도 부잔데 군대 가지 않으려고 거지가 되었대요. 내가 몇 번을 함께 군대 가자고 했지만 오히려 화를 내서 두 번 다시 말을 걸지 않았어요."

아닌 게 아니라 거지들은 소망도 미래도 없었다. 하루 동냥질해 먹고, 없으면 굶는다. 그리고 시간만 나면 화투 치고 술 마시는 게 그들의 생활이요 낙이었다. 그러나 나는 몇 달 동안 거지들에게 배운 것도 많았다. 소망이 있다는 게 얼마나 소중한가를 깨닫게 된 것이다. 거지들에게도 순수한 인간의 마음이 있음을 알았기에 오히려 사지가 멀쩡해서 온갖 못된 짓을 일삼는 사람들보다는 신선했다.

군대 가기 며칠 전 거지들이 모두 모였다. 생전 보지도 못한 거지까지 합류해 열 명이나 되었다. 돼지고기며 막걸리며 소주를 잔뜩 사 왔다. 그리고 어머니를 모셔 왔다. 밤이 새도록 신명 나게 노래를 부르고 술도 마셨다. 이렇게 해서 나의 거지 생활은 끝이 났다. 거지들도 내가 입대하는 날, 모두 다른 곳으로 이동했다.

누구에게나 지난 시절은 그립고 아픈 것이겠지만, 유난히 힘겨운 시절을 보냈던 내게
고향은, 집은, 어머니는 나의 전부였다.

나는 어머니와 소래역에서 첫 기차를 타고 송도역에 내렸다. 오늘은 장사를 하기 위해 가시는 것이 아니다. 옥련동에 사는 어머니의 친정 아주머니뻘 되는 분을 만나러 가시는 길이다.

　기차에서 내리니 아침 햇살이 어머니에게 곱게 내려앉았다. 어머니 걸음이 예전처럼 힘차 보이지 않는다. 나는 멀어져 가는 어머니를 바라보면서 언젠가는 이별을 할 수밖에 없는 그날이 다가올 거라는 생각에 눈물이 쏟아져 더 이상 셔터를 누를 수 없었다.

3장.

"당신이 그립습니다,
어머니"

첫사랑,
섬마을 선생님

바닷가에서 태어나 살아온 덕분에 내게는 바다와 맺어진 아름다운 이야기들이 가득하다. 지난날의 추억은 세월이 지날수록 자잘한 그리움을 몰고 온다. 가난 속에서도 자연과 함께 살아온 덕에 삶이 홀가분하며 즐겁다. 동화 같은 옛이야기들을 두고두고 조금씩 꺼내서 음미하며 살아간다는 것이 그토록 행복할 수가 없다.

전화나 텔레비전이 없던 시절, 고향에서는 하루에 한 번씩 어김없이 찾아오는 우편배달부 아저씨가 제일 반가운 손님이었다. 통신수단으로는 편지가 유일했기 때문이다. 우편배달부 아저씨의 우체국 마크가 찍힌 큼직한 가죽가방 속에는 군대 간 아들 소식, 친지의 안부에서부터 기쁨과 슬픔이 담긴 편지를 비롯해서 수많은 사연이 모두 들어 있었다. 그렇기 때문에 우편배달부 아저씨를 기다리는 그 순간만큼은 즐거운 긴장의 연속이었다.

우편배달부 아저씨는 정기적으로 보내오는 우편물이 어느 집으로 가는지를 모두 알고 있기 때문에 동네 이야기를 훤히 알고 있었다. 그 중에서도 유독 우리 집에는 일 년 넘게 강화에서 오는 편지가 있었다. 그 편지는 어느 학생 잡지에 강화의 작은 섬마을 초등학교가 소개된 글을 읽고 연필이 꼭 필요할 듯해, 동아연필 삼백이십 자루를 사서 보낸 게 인연이 된 것이다.

　그때만 해도 인천에서 강화를 가려면 시외버스를 타고 김포 읍내를 지나 군인들의 엄격한 검문을 여러 곳에서 받아야 했기에, 강화도를 왕복 하루가 걸리는 전방지역의 먼 섬으로 생각했다. 앞마당에 줄지어 서 있는 미루나무에서 그토록 울어대던 매미들이 모두 떠난 후, 장독대 뒤 감나무에 감이 붉게 익어 가는 계절이었다. 대문 두드리는 소리에 문을 여니 아저씨가 도장을 갖고 나오라고 했다. 등기우편물이 왔다는 것이다. 강화에서 온 편지를 처음 받았을 때는 편지라고는 올 곳이 없었기에 의아했다.

　"예쁜 아가씨로부터 연애편지가 왔어. 글씨도 참 예쁘게 썼구먼."

　아저씨는 이렇게 말하더니 편지를 내 손에 쥐어 준 다음 붉은색 자전거를 타고 쏜살같이 사라졌다.

　글씨를 아주 곱게 쓴 예쁜 봉투였다. 쿵쾅거리는 가슴속에 편지를 넣고는 집 뒤편 감나무 밑에 앉았다. 혹시 잘못 보내온 편지가 아닐까 싶어 몇 번을 살펴보아도 틀림없이 내 앞으로 온 편지였다. 지난번에 연필을 보내 준 그 초등학교와 보낸 사람의 이름이 또렷이 적혀 있었다. 생전 처음으로 가슴을 뛰게 하는 편지였다. 편지의 내용은, 연필을 보내 주어서 감사하다는 것과 자신은 교육대학교를 일 년 휴학하고 보조 선생님으로 아이들을 가르치고 있다는 것, 전교 학생 수는 서른두 명뿐이지만 역사가 오래된 학교이며, 학교 앞으로는 넓은 바다가 펼쳐져 한눈에 볼 수 있고, 석양이 아름답다고 했다. 편지를 보낸 선생님의 나이는 나보다 한 살 아래인 듯했다.

　태어나서 처음으로 예쁘게 써 내려간 편지를 섬마을 여선생님으로부터 받았다는 것만으로도 얼마나 감동을 했는지, 이보다 더 값지고 예쁜 선물은 세상에 없다는 생각을 했다. 처음에는 동네 친구들에게 자랑을 하고 싶었지만, 그건 당치도 않

첫사랑. 그 시절은 내 마음에 연둣빛으로 물들어 있다.

다는 생각이 들어 마음속에 꼭꼭 숨겨 놓기로 했다.

섬마을 선생님과의 편지가 오가길 반년이 지날 무렵부터는 해만 뜨면 우편배달부 아저씨를 기다리는 설렘과 초조함으로 하루를 시작했다. 밤이면 얼굴도 보지 못한 선생님 꿈을 꾸려고 손과 발을 정갈하게 닦고 잠자리에 누워 애를 써 보았으나 매번 헛수고만 할 뿐이었다. 보내온 편지가 구겨진 것이 있으면 숯을 넣어서 다리는 다리미로 반듯하게 다려서 날짜별로 묶어 나만 알 수 있는 곳에 꼭꼭 숨겨 놓았다.

찢어지게 가난한 집에서 홀어머니와 함께 힘겨운 노동으로 살아가는 마당에 언감생심 사랑하는 마음을 전한다는 것은 불가능했다. 게다가 아버지가 일찍이 세상을 떠나시는 바람에 어머니와 함께 척박한 땅에서 힘겨운 농사일을 해야만 했다.

동인천 배다리골목의 헌책방에서 사 온 책으로 밤늦도록 코피를 흘려 가며 독학을 하는 처지에 섬마을 선생님과 편지를 주고받는다는 것조차 내겐 과분하다는 생각을 떨쳐 버릴 수가 없었다. '오르지 못할 나무는 처다보지도 마라'는 글귀가 떠올라 내 가슴을 무던히도 썩였다. 그러나 한편으로는 자신감이 넘쳐 났다. 어른들도 힘든 농사일을 해 가면서 악착같이 공부를 한 덕에 검정고시로 고등학교 과정을 일찌감치 통과했으며, 깡촌에서 서울의 J 대학에 합격했다는 것만으로도 주눅 들 것이 없다는 생각으로 스스로를 위로했다.

하지만 나는 등록금을 마련하지 못해 발을 동동 구르며 대학을 포기해야만 했다. 그러나 불쌍한 어머니를 원망하거나 가난을 탓하지 않았다. 다행히 섬마을 선생님과 편지를 주고받으면서 더 큰 용기를 얻게 되었다. 낮에는 신명 나게 농사일을 했으며 모두가 잠든 밤에는 죽기 살기로 공부했다. 언젠가는 선생님을 떳떳하게 만날 수 있다는 희망으로 가득했기 때문이다.

고향에서는 그때만 해도 자식 하나 대학에 보내려면 애지중지 키워 온 소를 팔아서 등록금을 마련해야 했다. 대학을 졸업할 때까지는 대물려 내려온 땅도 팔아야 했다. 자식 하나 서울로 대학을 보내고 나면 기둥뿌리도 안 남는다는 얘기가 그때 생긴 말인 것 같다. 그나마 가난한 집 애들은 아무리 공부를 잘해도 대학은커녕 고등학교마저 못 가는 애들이 부지기수였다. 당장 하루하루 먹고살기 위해 닥치는 대로 날품을 팔아야 했기 때문이다.

여러 날 궁리 끝에 어머니에게 시흥 뱀내장터에서 토끼 새끼 한 쌍을 사 달라고 애원했다. 토끼를 정성 들여 키워 새끼를 많이 번식시켜서 대학 등록금의 일부라도 마련하기 위함이었다. 토끼는 번식이 매우 빨라서 이삼 개월마다 여섯 마리에서 여덟 마리의 새끼를 낳는다. 새끼는 육 개월만 자라면 어미 토끼가 되어서 또다시 새끼를 낳기 때문에 기르는 재미가 이만저만이 아니었다. 나는 토끼의 동그랗고 큰 눈을 특히 좋아했다. 왜냐하면 내 눈이 워낙 작고 못났기 때문이었다.

아카시아 꽃이 활짝 핀 어느 날, 망태기를 메고 염전 둑길로 토끼풀을 뜯으러 갔다. 네 잎 클로버가 행운을 가져다 준다는 이야기를 들은 후, 토끼풀은 뜯는 둥 마는 둥 네 잎 클로버를 찾기 시작했다. 편지 속에 넣어 섬마을 선생님에게 보낼 작정이었다. 그러나 쉽게 찾을 수 있을 거라는 생각은 잘못이었다. 이곳저곳을 헤매다가 날이 어둑어둑할 때까지 한 잎도 찾지 못하고 애꿎은 돌멩이만 발로 걷어차다가 엄지발가락만 다치고 말았다. 보름달이 휘영청 소금창고 위로 환하게 떠올랐다. 섬마을 선생님이 달 속에서 미소 지으며 쳐다보는 듯했다.

토끼와 바꾼 네 잎 클로버

염부들이 모두 퇴근을 한 염전에는 하얀 소금이 산처럼 쌓여 있을 뿐 적막감이 감돌았다. 초등학교 시절 마을 형들과 함께 소금서리를 하다가 하얀 광목천에 붉은 글씨로 '감시'라고 쓴 완장을 팔뚝에 찬 감시 아저씨에게 잡혀서 혼쭐이 난 기억이 떠올랐다. 그 이후 '감시' 완장을 찬 사람은 영화에 나오는 일본 순사보다 더 무섭게 느껴졌다. 산더미처럼 쌓아 놓은 소금은 달빛을 받아 보석처럼 빛났다. 소금을 새끼손까락으로 찍어 입에 넣었더니 짭짤하면서도 쓴맛은 없었다.

한참 토끼풀을 뜯고 있는데 호루라기 소리가 들려왔다. 염전의 그 무서운 감시였다. 감시는 숨을 몰아쉬면서 힐끔힐끔 내 주위를 돌며 여기저기를 살폈다. 나는 겁에 질려 이것저것 묻기도 전에 자초지종을 말했다. 토끼풀을 뜯으며 네 잎 클로버를 찾기 위해 걷다가 뱀내장터 앞마을까지 가서도 찾지 못했다고 했다. 감시는 완장을 한 번 쓸어내리고서는 비웃듯 빙그레 웃으며 말했다.

"여자친구에게 주려고 하는구먼. 네 잎 클로버는 아무한테나 보이지 않는 귀한 풀이여. 나도 연애할 때 그 풀을 편지에 보낸 적이 있거든."

내 맘을 꿰뚫어보는 것 같아 능글맞다는 생각을 하면서도, 사정을 해서 결국 토끼 새끼 한 마리를 주는 조건으로 네 잎 클로버가 있는 곳으로 안내해 주겠다는 약속을 받았다. 나는 염전 둑길을 걸으며 신명 나게 휘파람을 불었다. 행운이 담긴 네 잎 클로버를 섬마을 선생님에게 보낼 수 있다는 생각에 아까울 것이 없었다.

다음 날 그토록 애지중지하며 키운 토끼 새끼 한 마리를 망태기에 넣어 약속한 장소로 갔다. 감시 완장을 찬 아저씨는 빙글빙글 웃으며 기다리고 있었다. 무섭고 싫었지만 어쩔 수 없이 토끼를 넘겨주고 뒤를 따라갔다. 눈이 동그란 어린 토끼가 눈물을 흘리며 나를 자꾸만 처다보는 것 같았으나 냉정하게 시선을 다른 곳으로 돌렸다. 감시가 손짓을 하는 곳을 바라보니 그곳에는 정말 신기하게도 네 잎 클로버가 고개를 쏙쏙 내밀고 있었다. 나는 정신없이 네 잎 클로버를 뜯었다.

다음 날 곧바로 시내 책방으로 달려가, 춘원 이광수의 『사랑』 한 권을 사 들고 집으로 돌아와, 네 잎 클로버를 그늘에서 반나절을 말린 뒤 정성스럽게 책갈피에 넣었다. 섬마을 선생님에게 줄 선물이다. 그날따라 왜 그렇게 가슴이 뛰는지 알 수가 없었다. 섬마을 선생님에 관해 이것저것 궁금한 것이 많았지만, 그중에서도 서울의 부잣집 딸이 왜 학교를 휴학하고 강화에서도 떨어진 외딴 작은 섬마을에서 살고 있는지 궁금했다.

이 궁리 저 궁리 끝에 용기를 내어 정성스럽게 편지를 썼다.

"선생님이 계신 학교에 한번 가 보고 싶은데 허락해 주실 수 있는지요? 허락해 주시면 더없이 큰 기쁨이 될 겁니다."

편지를 보내고 바로 후회가 밀려왔다. 공연히 욕심을 낸 게 아닐까? 초라하고 보잘것없는 내 처지를 망각한 게 아닐까? 이 생각 저 생각으로 결국은 몸져눕게 되었다. 온갖 힘겨운 노동일을 하면서도 한 번도 병이 나서 이불 깔고 누운 적이 없었다. 마을에는 아무개가 상사병이 났다고 파다하게 소문이 퍼졌다. 어머니는 수다스럽기로 소문난 우물둥지 둘째 며느리에게 이 이야기를 전해 듣고 난 후로는 핏기 없는 얼굴이 더욱 창백해지셨다.

가슴 아픈 작별

황톳길에 코스모스가 활짝 피어난 후에야 그렇게 기다리고 기다리던 섬마을 선생님의 답장이 왔다. 편지를 받아 들고 집 뒤 감나무 밑으로 달려갔다. 늙은 감나무에 매달린 감이 붉게 익어 가고 있었다. 봉투에는 섬마을 선생님의 이름과 주소가 예쁘게 적혀 있었다. 뛰는 가슴 위에 한 손을 올려놓고 편지를 읽고 또 읽었으나 내용은 똑같았다. 강화 읍내 시외버스정류장 매점 앞에서 검정색 코트에 긴 머리 왼쪽에 빨간 리본을 꽂고 기다리겠다고 했다. 꿈이 아닌가 싶어 뺨을 때려 보았다. 편지를 열 번도 더 읽었다. 곧바로 붉은색의 예쁜 편지지에 정성을 담아 편지를 써서 비싼 등기우편으로 보냈다. 나는 밤색 코르덴바지에 상의는 미군 야전잠바를 검정색으로 물들인 것을 입고, 왼쪽 가슴에 옥색 브로치를 달고 갈 것이라고 했다.

코르덴바지와 야전잠바는 형이 무척이나 아끼는 옷이었으며, 옥색 브로치는 어머니 생신날 여동생이 선물한 것인데 어머니는 보물처럼 늘 장롱에 보관하셨다. 그런데 한 가지 걱정이 생겼다. 형이 옷을 쉽게 빌려 줄 것 같지 않았다. 일주일 후면 선생님을 만난다는 생각에 아무 일도 손에 잡히지 않았다. 난생처음으로 강화도에

황톳길은 포장되었지만 코스모스는 올해도 여전히 흐드러지게 피었다.

서도 떨어진 섬마을 선생님을 만나러 간다는 기쁨과 흥분으로 매일 밤 잠을 이룰 수 없었다.

다리미로 말끔히 다려서 간이 옷장에 걸어 놓은 형의 옷을 몰래 훔쳐 입었다. 또한 형이 그토록 아끼는 하모니카를 마치 내 것처럼 야전잠바 속에 넣었다. 선생님에게 잘 보이려고 하모니카를 불어댈 참이었다. 왼쪽 가슴엔 어머니의 옥색 브로치를 달았다. 조금 어색했지만 꼭 영화 속의 멋진 주인공 같았다. 선물로 줄 책 한 권과 하얀 토끼 새끼 한 쌍을 상자에 넣어 강화행 버스에 올랐다. 군인들이 총을 들고 지키는 검문소를 여러 곳 지나서야 드디어 강화버스터미널에 도착했다. 가슴이 두 근거리며 긴장이 되었다. 정말 선생님이 약속을 지킬까? 어떻게 생겼을까? 무슨 말을 해야 할까? 모두가 궁금했다.

숨을 한 번 크게 들이마시고는 약속한 장소로 향했다. 내가 멋있는 영화배우 같았는지 선생님이 먼저 나를 알아보았다. 편지에 약속한 대로 선생님은 긴 머리에 빨간 리본을 꽂고 검정 코트를 입고 있었다. 해맑은 얼굴에 하얀 이가 드러나는 미소의 내가 처음부터 상상했던 대로 아주 예쁜 선생님이었다. 인사를 나눈 후 우리는 곧바로 버스를 갈아타고 학교로 향했다. 버스는 덜컹덜컹 흙먼지를 날리며 달렸다. 한참 동안 어색한 침묵이 지난 후에 옆에 앉은 선생님께, 선물로 주려고 한 쌍의 예쁜 토끼를 가지고 왔다고 했다. 선생님은 얼굴이 빨개지더니 이내 토끼 상자를 열면서 참 귀엽고 예쁘다고 했다. 난 그때서야 신이 나서 넓은 바다가 한눈에 내려다보이는 언덕 마을에 버스가 도착할 때까지 말을 이어 갔다. 선생님은 선녀를 닮았으며 나는 나무꾼을 닮았다고 했더니, 운전기사가 배꼽을 잡고 웃는 바람에 버스 안이 웃음바다가 되었다.

버스가 도착한 곳의 마을 앞으로 넓은 갯벌이 펼쳐져 있는 것이 한눈에 들어왔다. 작은 돌담집들이 옹기종기 모여 있었다. 초등학교는 바닷가 양지 쪽에 자리 잡고 있었다. 태양은 수평선 위에서 바다와 입맞춤을 하고 있었다. 붉게 물든 노을이 무척 아름다웠다. 선생님은 학교로 안내했다. 고향의 소금창고 크기 정도 되는 작은 학교였다. 운동장 앞으로는 아카시아 나무가 줄지어 바닷바람을 막고 있었다. 작은 운동장에는 각종 놀이기구가 여기저기 서 있었다. 모처럼 선생님이 말문을 열었다.

"학생 수는 적어도 아이들이 모두 착하고 예뻐요."

긴 머리카락이 해풍에 하늘하늘 흩날리는 모습을 바라보면서, 선생님이 정말 선녀 같다는 생각이 들었다.

학교 앞 바닷가의 갈대숲을 지나 모래밭에 앉았다. 이따금씩 선생님은 힘겹게 콜록콜록 기침을 했다. 선물로 준 토끼를 무척 좋아하는 것 같아서 얼마나 기뻤는지 모른다. 그리고 책갈피에 넣어 둔 네 잎 클로버를 펴 보이며, 행운을 담아 선생님에게 주려고 찾아 헤매던 이야기를 했더니 감동한 표정으로 정말이냐고 물었다.

태양이 바닷속으로 숨어 버린 후에야 선생님과 함께 모래밭에서 일어났다. 선생님은 간간이 미소를 지으면서도 창백한 얼굴에는 수심이 가득했다. 별들이 깜박깜박 졸 때까지 시소에 걸터앉아 많은 이야길 나누었다. 생각 같아서는 밤새 이야기를 나누고 싶었다. 선생님은 숙소로 돌아가고 나는 학교 당직실 방에서 잠을 자야 했다. 그러나 잠을 청해도 잠이 오지 않았다. 옷을 주섬주섬 입고 학교 운동장에 벌렁 누웠다. 하늘엔 수많은 별들이 초롱초롱 빛났다. 고향의 심술궂은 친구가 마을 앞 갈대 숲길에서 남녀가 소곤소곤 얘기를 주고받을 때 소금을 한 바가지 뿌리고 날쌔게 도망치던 생각이 떠올랐다.

다음 날 아침에 교장선생님에게 인사를 했다. 교장선생님은 아침 조회를 하기 위해 운동장에 모인 아이들에게 지난해 연필을 보내 준 고마운 분이라고 소개를 했다. 아이들의 수는 적었지만 박수소리는 크게 귓전을 스쳤다. 그곳에서의 시간은 너무 아쉽게 빨리 지나갔다. 제발 버스가 모두 고장 나길 바랐다. 그 핑계로 몇 시간만이라도 선생님과 함께 머물고 싶었기 때문이다.

집으로 돌아온 후부터 선생님에 대한 그리움으로 매일 밤을 하얗게 지새워야 했다. 이십여 일이 지난 후에야 기다리고 기다리던 편지가 왔다. 예전처럼 집 뒤 감나무 밑에 앉아 편지봉투를 뜯었다. 편지 내용은 간략했다. 앞으로 편지를 보내기 어렵다는 것과, 자신이 몹쓸 병에 걸려 있다는 것, 나와의 지난 시간들을 마음속 깊은 곳에 오래 간직하겠다는 내용이었다. 나는 억장이 무너지는 것 같았다. 이것저것 궁리 끝에 병난 것처럼 자리에 누운 후 어머니에게 의사의 왕진을 부탁했다. 어머니는 내가 죽을병에 걸린 줄 아시고 허겁지겁 달려가서 의사를 모셔 왔다.

첫사랑 섬마을 선생님은 여전히 내 마음속에 가장 사랑스러운 붉은빛으로 새겨져 있다.

어머니가 밖으로 나간 사이 의사 선생님께 말문을 열었다.

"의사 선생님, 사람의 간으로 모든 병을 고칠 수 있다는데 제 간을 떼어서 좋아하는 다른 사람의 몹쓸 병을 고칠 수 있을까요?"

의사 선생님은 어이가 없다는 듯 한동안 침묵하더니 대답했다.

"그런 말 어디서 들었니?"

"부평에 나환자촌이 있는데 나환자들이 사람의 간으로 병을 말끔히 고쳤다는 소문을 들었어요."

"네 목숨을 버리고 간을 떼어 줄 만큼 소중한 사람이냐?"

"네."

"사람의 간으로 모든 병을 고친다는 것은 헛소문이며, 더 얘기를 듣고 싶으면 병원으로 와라."

의사 선생님은 왕진 가방을 챙겨서 밖으로 나가셨다.

선생님의 편지는 그 이후로 기다리고 기다려도 오지 않았다. 하루가 일 년 같았다. 가방을 챙겨서 무작정 섬마을로 향했다. 마을에 도착하자마자 선생님의 소식을 물었다. 선생님은 며칠 전 인천 연수동에 있는 적십자병원으로 가셨다고 했다. 곧바로 허둥지둥 병원으로 향했다. 적십자병원은 내가 살고 있는 마을에서 가까운 바닷가에 자리 잡고 있었다. 지금까지 그 병원은 한 번도 가 보지 못한 곳이라 궁금증만 더 커졌다. 선생님이 간호사로 취직을 한 것일까? 아니면 병원에 입원을 한 것일까? 제발 병원에 입원만은 하지 말았으면 하는 마음뿐이었다.

병원에 도착하자마자 급한 마음에 무조건 들어가려고 했지만 보호자가 아니면 들어갈 수 없다고 험상궂은 경비원이 앞을 막았다. 그러나 나는 큰 소리로 지난해 가을 약혼한 사이라고 우겼다. 경비원은 내 얼굴을 여기저기 살펴보더니 못마땅한 눈초리로 들어가라며 이렇게 말했다.

"어린 사람이 장가는 빨리 가고 싶었던 모양이구먼."

거짓말을 한 것이 마음에 걸리고 선생님에게 미안했지만 이것저것 따질 때가 아니었다.

넓은 잔디밭과 꽃밭으로 가꾸어진 적십자병원은 조용하고 경치가 아름다운 곳이었다. 하얀 옷을 입은 사람들이 잔디밭과 긴 의자에 앉아 있는 모습들이 힘겨워 보였다. 곧바로 사무실로 들어가 선생님을 찾았다. 그때서야 선생님이 죽을병에 걸린 중환자라는 것을 알게 되었다. 선생님은 바다가 내려다보이는 소나무 숲 의자에 연푸른 환자복을 입고 앉아 있었다. 나는 덥석 선생님의 두 손을 잡았다. 어머니 말고는 처음으로 잡아 보는 여자 손이었다. 따뜻한 체온이 내 몸 속으로 옮겨 오는 듯했다. 선생님의 눈가엔 눈물이 맺혀 있었다. 내 눈에서도 덩달아 눈물이 펑펑 흘러내렸다. 참으려 애를 써 보았지만 흘러내리는 눈물을 막을 수는 없었다.

적십자병원은 중증의 폐결핵 환자들이 마지막으로 오는 병원임을 알게 된 후 선생님이 불쌍해 견딜 수 없었다. 이 병원의 입원 환자들은 대부분 죽음을 목전에 둔 사람들이라는 것도 알게 되었다. 선생님은 죽지 않을 거라는 생각을 하면서도 불안을 떨쳐 버릴 수가 없었다. 어머니가 장을 담가서 외할머니에게 드리려고 보관해 둔 참게와, 집 뒤 오봉산 풀숲에 꼭꼭 숨어 있는 꿩알을 며칠 동안 헤집고 찾아내 삶은 다음 병원으로 갔다. 그러나 선생님은 힘겹게 기침을 콜록콜록하며 먹는 둥 마는 둥 하얀 손수건으로 눈물만 훔쳤다.

동네 아저씨가 다 죽어 가다가 뱀을 여러 번 끓여 마시고는 멀쩡하게 고쳤다는 말을 전해 듣고는 집 뒤 오봉산 약수터로 향했다. 평상시에는 뱀을 무척이나 무서워했지만 선생님의 병만 고칠 수 있다면 무서울 게 없다는 생각뿐이었다. 바위 밑에 숨어 있는 살모사에게 그물을 덮으려는 순간 살모사가 벌처럼 날아와 내 왼손을 물었다. 때마침 소꼴을 베던 동네 할아버지가 알 수 없는 풀잎을 돌에 비벼서 발라 준 후 병원으로 향했다. 조금만 늦게 병원에 왔으면 위험했을 거라고 간호사가 말했다. 그 이후로는 뱀 잡는 것을 포기할 수밖에 없었다.

하루는 병원에서 외출한 선생님과 함께 소래철교를 찾았다. 다리 저편에서 기차가 빽빽거리며 달려오고 있었다. 선생님의 기침소리는 점점 크게 들려왔다. 입고 있던 허름한 잠바를 벗어서 등에 걸쳐 주었다. 선생님의 긴 머리카락이 바닷바람에 날릴 때마다 햇빛이 떨어져 황금색으로 빛났다. 함께 있다는 것이 꿈만 같았다. 선생님의 병을 고칠 수만 있다면 내 간을 당장이라도 떼어 줄 수 있다고 힘주어 말했다. 선생님은 힘겹게 기침을 하면서도 해맑게 웃고 있었다. 그렇게 예쁠 수가 없었다.

선생님과 헤어진 지 며칠이 지난 후 소포를 받았다. 강화 섬마을에 가서 선물한 춘원 이광수의 『사랑』 한 권과 지금까지 보낸 편지 뭉치와 바짝 마른 네 잎 클로버, 처음 강화 읍내에서 만나는 날 머리에 꽂았던 빨간 리본, 털실로 뜬 장갑, 그리고 짤막한 글이 적혀 있었다.

"이 세상에 태어나 처음으로 가장 아름다운 사랑의 선물을 당신에게서 받게 되었습니다. 오랜 세월 함께할 수 있게 해 달라는 기도를 수없이 드렸습니다. 그리고 예쁜 토끼를 키우며 살고 싶었으나 하나님은 제 소원을 들어주지 않으실 것 같습니다. 저세상에 가서라도 당신이 주신 고운 사랑을 소중하게 간직하겠습니다."

도무지 믿기지 않았다. 편지를 움켜쥐고는 미친 사람처럼 적십자병원으로 달려갔다. 그러나 선생님은 이미 영영 돌아올 수 없는 하늘나라로 떠난 후였다. 나는 가슴을 치며 세상이 떠나가도록 한없이 울었다. 하얀 미소를 지으며 선생님이 금방이라도 달려올 것 같았다.

선생님이 마지막 선물로 준 빨간 리본과 털실장갑을 오랜 세월 보물처럼 간직하며 살았다. 선생님이 생각날 때마다 강화 섬마을 바닷가를 찾았다. 그리고 소래철교에서 긴 머리 흩날리던 선생님의 기억을 떠올리는 것만으로도 감사하다는 생각을 했다. 바다는 내 마음을 아는지 모르는지 파도만 철썩일 뿐 아무 말이 없다. 바다는 오늘도 그리움을 몰고 와 지난날의 아름다운 이야기보따리를 내 마음속에 풀어놓는다.

비무장지대로
떠나는 날

　　1995년 육군사관학교 개교 50주년 기념 작가로 선정되었던 인
연으로 육군본부로부터 비무장지대를 사진으로 남기는 작업을 해보면 어떻겠냐는
제안을 받았다. 민간인 최초로 '휴전선 155마일' 사진 작업을 하게 되다니 흥분을
감출 수가 없었다.

　　1997년 초, 비무장지대 사진 작업을 위해 먼저 카메라와 필요한 것들을 준비하
기 시작했다. 육군본부 촬영계획표를 보니 한 번 최전방으로 떠나면 이 개월에서
길게는 사 개월 정도 그곳에서 보내야 했다. 6·25전쟁이 발발한 지 반세기 만에 민
간인이 휴전선 155마일을 사진 작업한다는 것은 처음이었기에 육군에서도 무엇을
촬영해야 할지는 세세하게 일정표에 기록되어 있지 않았다. 막막한 노릇이었다. 사
진 주제를 찾아내는 것은 모두 내 몫이었다.

　　양구 대암산 아래 2사단 포병부대에서 십 개월 근무하다가 월남전에 참전한 게
전부인 나는 비무장지대 근처에도 가 보지 못했었다. 요즘이야 비무장지대에 관해
서 인터넷에서 많은 정보를 쉽게 찾아볼 수 있으나 그때만 해도 인터넷이 활성화되
지 못했을 뿐만 아니라 비무장지대에 관한 정보도 전무하다시피 했다. 출발일이 하

루하루 다가오면서부터 잠을 이룰 수 없었다. 내게 주어진 이 역사적인 프로젝트를 어떻게 하면 감동을 줄 수 있는 명작으로 만들어 낼까 하는 엄청난 책임감과 무게감이 밀려왔다. 또한 나를 추천해 주신 김희상 장군님을 비롯해서 육군의 몇몇 장군님들에게 실망을 줘선 안 된다는 생각이 가슴을 짓누르곤 했다.

카메라는 어느 기종이 필요한지도 걱정거리였다. 내가 늘 사용하는 니콘 FM2로는 영하 40도를 견뎌 낼지가 의문이었다. 그런 강추위에서는 단 한 번도 카메라를 사용해 보지 못했기 때문이다. 답답해서 사진계의 선배 한 분을 찾아갔다. 대화를 하다 보니 그분도 그런 추위에서 사진 작업을 해 본 경험이 없었다. 결국 내가 상상도 할 수 없는 고가의 카메라 기종을 권했다. 돌아오는 발걸음이 무거웠다. 내 형편으로는 그렇게 고가의 카메라를 살 수 없었기 때문이다.

고민 끝에 결국 늘 사용하는 카메라에 두툼한 옷을 입히기로 했다. 카메라에 두툼한 옷을 입히고 나니 한편으로는 우습기도 했다. 이렇게 해서 어느 정도 준비를 마칠 즈음 어머니는 뻔질나게 내 작업실을 드나드셨다. 우리 집은 토담으로 지은 안채와 사랑채 구조로 되어 있는 아주 오래된 집이었다. 내 작업실로 안채를 모두 사용했으며, 어머니는 창문 열면 대추나무와 은행나무가 한눈에 보이고 신작로에 버스와 차량이 오가는 것을 훤히 볼 수 있는 사랑채를 사용하셨다. 작업실에 들어오려면 안마당을 지나 높은 마루를 올라와야 되기 때문에 팔순이 다 되신 어머니가 혹 다치지 않을까 걱정이 되었다.

예전 같으면 며칠에 한 번꼴로 작업실에 와 구경하다 돌아가시곤 했는데, 비무장지대로 떠나기 한 달 전부터는 하루에도 몇 번씩 들락날락하셨다. 그때마다 나와 어머니는 목소리를 높이게 되었다. 어머니는 잘 듣지 못하기 때문에 내 목소리는 당연히 커질 수밖에 없었다. 그래서 이웃 사람들에게 나쁜 자식으로 오해를 불러오기도 했다.

"엄니, 마루에 올라오다가 넘어져 사고라도 나면 어쩌려고 뻔질나게 오세요. 전

민간인으로는 처음으로 비무장지대를 촬영한다는 사실에 가슴이 벅차올랐다.

쟁터로 떠나는 것도 아닌데."

"나도 다 들은 얘기가 있어서 그렇다. 빨갱이들이 노려보고 총구를 항상 겨누고 있다는데, 전쟁터와 다를 게 없다는구나."

"진짜 전쟁터인 월남에서도 멀쩡하게 살아왔잖우. 그리고 이렇게 든든한 엄니가 있는데, 난 잠만 잘 오고 빨리 갔으면 하우. 그러니 제발 좀 내 방에 자주 오지 마세요."

"여긴 내 집이다. 내 맘대로 들락거리는데 네가 웬 참견이냐."

비무장지대에서 내가 마주한 것은, 여전히 살아 있는 전쟁의 상흔이었다.

"답답해서 그래요. 평생 동안 돈 한 푼 써 보지 못하고 죽기 살기로 일만 하다가 자식들에게 모두 줄 것이고, 이 집은 엄니가 죽자마자 장남에게 돌아갈 텐데 내 집 내 집 하시는 거예요?"

"네놈이나 전방에서 빨갱이들에게 죽지 말고 살아오거라."

비무장지대 사진 작업을 이 년 동안 하기 위해서는 준비할 것이 많았다. 모두 돈이었다. 가뜩이나 심난한데 어느 날 느닷없이 어머니가 들어오셨다.

"돈이 떨어져 고민하는 게 네 얼굴에 다 써 있다. 내가 아무리 카메라에 관해서

꼭꼭 묻어 둔 쌈짓돈으로 자동차를 사라고 내게 돈을 건네주시던 날에도,
자동차를 사고 처음으로 어머니를 태워 드린 날에도 어머니는 이렇게 곱게 웃으셨다.

알지는 못하지만 네가 쓰는 그런 고물 카메라 가지고 어찌 그런 큰일을 하겠냐."

그러더니 어머니는 작은 신발주머니만 한 것을 내게 던져 주셨다.

"행여 형제들이 좋은 카메라를 어떻게 샀냐고 물으면 사진 팔아서 샀다고 해."

신발주머니를 열어 보니 꽤나 큰돈이 들어 있었다. 나는 그날 밤 늙은 감나무 아래 주저앉아 얼마나 울었는지 모른다. 분명 형제들에게 이 눈치 저 눈치 보며 용돈을 받아 모으셨을 것이다.

비무장지대로 떠나는 날 어머니의 눈이 유난히 붉게 충혈되어 있었다. 나도 어머니를 닮아 마찬가지였다. 육군본부에서 나온 김상봉 중령이 코란도 승용차를 대문 앞에 세웠다. 마을 사람들이 하나둘 모여들었다. 짐 보따리를 차에 싣고 코란도는 북쪽을 향해 달렸다. 차 뒤 유리창으로 보이는 어머니는 녹슨 철 대문에 기대어 꼼짝도 않고 서 계셨다.

"신 나게
동네 한 바퀴 돌자"

지역신문에 대우자동차를 살리자는 기사가 대문짝만 하게 실렸다. 지역 단체장을 비롯해서 경제인들이 대우자동차가 망하면 인천 경제에 막대한 영향이 있다고 떠들어댔다. 그러나 토담집에 살면서 세상사와는 관심이 없는 나로서는 크게 문제 될 게 없다는 생각이었다. 어머니도 어디서 그런 얘기를 들으셨는지 밥상을 물리고 나서는 자동차 이야기를 꺼내셨다.

"너, 자동차 없이 사진 찍으러 다니는 걸 보면 참 용타."

"대문 밖에만 나가면 사진 찍을 게 얼마든지 많아요."

"그래도 그 넓은 여러 동네를 다니려면 힘이 들지?"

"엄니도 무거운 젓갈을 머리에 이고 소래다리 건너 하루 종일 걸어서 오이도까지 다니셨는데 그에 비하면 난 아무것도 아니에요."

"그래도 좋은 사진을 찍으려면 새벽부터 부지런히 빛을 따라다녀야 한다고 네가 한 말을 기억하냐?"

"엄니도 이젠 사진 찍는 아들 덕에 모르시는 게 없네."

어머니는 장롱을 뒤적이더니 신발주머니처럼 생긴 자루를 내게 던져 주셨다.

내 기억 속의 어머니는 늘 길에 서 계신 모습이다.

"대우자동차가 망하면 우리도 망할 수 있다니 얼른 가서 대우자동차 한 대 사오거라."

나는 어머니가 혹시 망령 나신 게 아닌지 가슴이 뛰었다. 내 방으로 와 신주머니를 풀어 보니 구겨진 만 원짜리와 오천 원짜리 지폐가 다림질을 한 것처럼 한 다발씩 묶여 있었다. 한 푼 두 푼 모아 둔 흔적이 돈에 배어 있었다. 이 소식을 어떻게 들었는지 큰누님과 작은누님이 집으로 달려오셨다. 누님들도 보통 구두쇠가 아님에도 불구하고 돈다발을 건네주시면서 할부로 사면 매달 내기가 어려울 테니 보태서 일시불로 사라고 했다. 그렇지 않아도 할부로 사면 매달 돈을 어떻게 마련할까 고민하던 참에 누님들이 한 가지 걱정을 덜어 준 셈이었다. 잠시 이 돈으로 좋은 카메라와 필름을 한꺼번에 살까도 생각해 보았다. 그래서 어머니 방으로 되돌아가 슬며시 마음을 떠보았다.

"엄니, 운전하고 다니다가 교통사고라도 나는 날에는 그나마 쫄딱 망할 수도 있지 않을까 걱정이 돼요."

"너 필경 딴 꿍꿍이가 있지? 자동차 안 사려면 도로 내놔. 아랫동네 사는 정순이 아범은 노점장사를 하는데도 멀쩡한 차를 몰고 다니는 마당에 네놈은 창피하지도 않냐?"

더 이상 말을 해봤자 들어온 거금을 빼앗길 것 같아 슬며시 밖으로 나와 시내로 가는 버스를 기다렸다. 어머니가 준 돈으로 대우자동차를 사려면 신형 루비나 소형차가 딱 맞았다. 며칠 후 자동차를 인수하여 집 마당에 세워 놓고 어머니에게 보고했다. 어머니는 바가지에 소금을 담아 와 자동차에 이리저리 뿌리셨다. 그러고 운전석 옆 좌석에 앉으셨다.

"신 나게 동네 한 바퀴 돌자."

어머니는 싱글벙글 얼굴색마저 환해지셨다.

"누가 차 어떻게 샀냐고 물으면 사진 팔아서 산 것이라고 해."

"그 말을 누가 믿을까?"

"네놈이 툭하면 외국에서는 사진값이 수천만 원 한다고 그랬잖아?"

"엄니, 그건 유명한 작가 얘기예요."

"그럼 넌 밥만 먹으면 사진 찍고 집에 처박혀 사진과 살았으면서 여태까지 뭘 했냐?"

"그런 작가가 되려면 여간 어려운 게 아니에요."

"이 세상에 하면 되지 못할 게 뭐 있냐. 넌 아직도 정신을 덜 차렸어."

어머니는 차를 마당에 세워 놓기만 하면 걸레로 닦고 또 닦으셨다. 그러고는 미라네 아주머니를 불러 병관이 자가용인데 한 바퀴 돌자고 하셨다.

나는 가끔씩 차를 끌고 어머니가 장사 다니던 길로 모시고 다녔다. 소래철교를 건너 달월역이 있던 곳에는 월곶 신도시가 들어서면서 그 흔적을 찾아볼 수 없게 되었다. 월곶포구에서는 오이도가 한눈에 들어왔다. 어머니는 오이도를 한참 바라보면서 깊은 생각에 잠기셨다. 하루 종일 철길 따라 장사를 다니셨기에 수인선 철길과 오이도는 잊을 수 없는 어머니의 길이었다.

"엄니, 옛날 생각 나우? 엄니가 달이 떠오르도록 돌아오지 않아 내가 소래철교에서 기다리다 잠든 거."

어머니는 아무 말씀이 없었다. 지치고 병들어 이젠 당신 뜻대로 아무것도 할 수 없는 처지가 얼마나 서글플까. 어머니는 죽음이 점점 가까이 다가온다는 것을 오래전부터 생각하고 계셨다. 그래서 걸어 걸어 장사 다니던 길을 다녀 보시고 싶었을 것이다.

못난 신랑이라도
곁에 있어야

　　우리 집 옆에는 오래된 초가집 한 채가 있었다. 하나뿐인 아들
이 병사하고 난 후 할머니 혼자 살다가 집 한 채 남기고 세상을 떠나셨다. 그래서 우
리 집에서 관리를 하게 되었는데 그 초가집에는 아무도 살지 않았다. 빈집이라 예
전에 잠시 거지들이 머물기도 했다. 아버지가 돌아가신 이후 제대로 관리가 안 된
채 방치되어 있다가 부지런하고 동네에서 제일 장사인 털보 아저씨가 이 집으로 이
사를 왔다. 털보 아저씨네 아주머니는 어머니의 고향인 서울 모래내에서 시집을 왔
다. 그래서인지 어머니는 털보 아주머니에게 각별히 관심을 갖고 계셨다. 그런데
어머니 걱정이 하나 더 늘었다. 털보 아저씨가 이사 온 날부터 부부싸움이 잦았기
때문이다. 털보 아저씨가 술을 많이 마시는 데다가 아주머니 잔소리 때문에 새벽이
건 대낮이건 싸움을 했다. 아주머니는 싸움을 하는 날이면 가끔씩 눈두덩이가 부어
우리 집으로 달려왔다. 어머니는 그때마다 따끈따끈한 아랫목을 내주셨다. 그럴 때
마다 아주머니는 분이 풀리지 않는지 밤새도록 털보 아저씨 흉을 보았다.

　　어머니는 그럴 때마다 "네 주둥아리가 문제야"라고 야단을 쳤다. 서울 여자들
은 모두 어머니 같을 거라 생각해 나는 늘 서울 여자와 결혼해야지 생각했었다. 그

러나 서울 여자라고 모두 어머니와 같지 않다는 것을 털보네 아주머니를 보면서 알게 되었다.

어느 초여름이었다. 마을 아저씨들과 형님들이 남양 바다로 죽합을 잡으러 가는 날 털보 아저씨가 함께 가자고 했다. 죽합은 아주 귀한 것이기 때문에 값도 비쌀 뿐만 아니라 그 맛 또한 일품이었다. 나는 그물망을 챙겨서 마을 사람들과 함께 소래역에서 수원행 마지막 기차를 탔다. 군자역에서 내려 방죽을 따라 한참을 가야 남양 앞바다에 도착한다. 썰물 때 구멍을 찾아 팔을 깊숙이 넣어 잡는 거라고 털보 아저씨가 세세히 알려 주었다.

나는 기대가 무척 컸다. 그러나 어머니는 죽합을 잡으러 가는 곳은 물살이 거세고 물속에서 물구나무서기를 해서 잡아야 하기 때문에 걱정을 하시는 눈치였다. 사방이 캄캄하고 조용했으나 유난히 별빛이 초롱초롱 빛났다. 달빛은 볼 수 없어도 훤했다. 털보 아저씨는 그날도 술을 많이 마신 듯 비틀거리며 일행과 점점 멀어졌다. 결국 나문재 위에 주저앉았다. 마을 사람들 모습은 점점 보이지 않았다. 털보 아저씨는 코를 드르렁드르렁 골며 잠이 들었다. 나는 아저씨를 두고 죽합을 잡으러 갈까도 생각을 했으나 바닷물이 밀려오면 털보 아저씨가 떠내려갈 것 같아 그 옆에 앉아 별을 세며 자리를 지켰다.

한편으로는 동네 아저씨들이 야속하기도 했다. 어쩌면 이 황량한 갯벌에 술에 취해 누운 사람을 두고 모두 그냥 가 버렸을까 생각하니 섭섭한 마음이 떠나지 않았다.

얼마가 지났을까. 웅성거리는 소리가 들려왔다. 죽합을 잡아 모두 묵직한 자루를 메고 돌아오고 있었다. 나는 털보 아저씨를 흔들어 깨웠다. 그제서야 아저씨는 눈을 비비고 일어나 여기가 어디냐고 물었다. 나는 죽합은 단 한 마리도 구경 못하고 결국 집으로 돌아왔다. 미안해서 어머니가 묻기도 전에 모든 걸 말씀드렸다. 이야기를 모두 듣고 난 어머니는 참 잘했다고 칭찬을 해주셨다. 그런데 해가 뜨기도

털보 아저씨네 아주머니는 무엇을 기억하기 위해 사진을 찍어 달라고 하셨던 것일까?

전에 사단이 벌어졌다. 털보 아저씨 집에서 그릇 깨지는 소리와 함께 아주머니와 털보 아저씨의 싸움이 시작된 것이다. 얼마 후 맨발로 털보 아주머니가 방으로 뛰어들어 왔다.

"남들은 죽합을 한 자루씩 잡아 왔다고 하는데 그 인간은 오늘도 술을 퍼마시고 빈손으로 와서 한바탕 퍼부었어요."

"죽지 않고 돌아온 걸 다행으로 생각해."

"차라리 죽으면 편하게 살지 뭐."

"쯧쯧, 못나도 신랑이 곁에 있는 것만으로도 감사해야지."

"그 인간은 죽어서도 술병을 차고 갈 거예요."

어머니는 더 이상 대꾸를 하지 않고 수건을 뜨겁게 하여 달걀과 함께 아주머니에게 건네주셨다. 아주머니는 누런 달걀로 시퍼렇게 멍든 눈가를 비볐다. 털보 아주머니의 총알처럼 쏘아대는 말버릇은 영영 고칠 수 없는 고질병인 것 같았다.

얼마 후 털보 아저씨는 집을 짓고 이사를 갔다. 그러나 새집에서 얼마 살지 못하고 세상을 떠나 아주머니 고생은 이만저만이 아니었다. 못난 신랑일망정 없는 것보다 낫다는 어머니 말씀이 생각났다.

개발 확정으로 고향 집집마다 벽에는 페인트로 숫자를 써 놓았다. 털보 아주머니는 무슨 생각이 들었는지 자기 집 숫자 앞에서 사진 한 장 찍어 달라고 했다. 그리고 얼마 후 털보 아저씨 집은 흔적도 없이 사라지고 아주머니도 어디론가 떠났다.

우리 집
사형선고

고향마을이 개발지구로 확정되고 난 후 어느 날 주택공사 직원들이 우리 집 벽에 파란 페인트로 1081번을 써 놓았다. 나는 그 번호를 우리 집 사형선고 번호라고 생각했다. 어머니는 해가 떠오르기 무섭게 그 번호를 어루만지셨다.

어머니는 가끔씩 "내가 죽기 전에 에미 구실을 해야 할 텐데"라고 힘없이 말씀하셨다. 보상을 받아 자식들에게 당신 손으로 나누어 주고 싶은 게 어머니의 마지막 소망이었다. 이런 어머니의 소망을 어떻게 알았는지 우리 집 사형선고 번호를 제일 먼저 써 놓았다. 어머니는 이 번호를 바라보면서 억장이 무너지는 아픔을 느끼셨을 것이다.

조용하고 인심이 넘치던 고향은 개발 문제로 뒤숭숭해졌다. 고향을 두고 어디론가 떠나야 한다는 불안감이 마을 사람들을 잠 못 이루게 했다. 어머니가 평생 동안 장사 다니던 수인선 철길마저 땅속에 묻힐 날이 가깝게 다가오고 있었다. 학교 앞 강씨네 배 밭에 마지막 꽃이 활짝 피었다. 배나무 아래로는 하얀 냉이꽃이 흐드러지게 피어나 장관을 이루었다.

"엄니, 생각나? 배 이삭 주워 먹다가 내가 벌에 쏘인 거?"

주택공사 직원들이 쓰고 간 1081 숫자를 어머니는 보고 또 보셨다.

어머니는 아무 말 없이 하얀 냉이꽃 위에 주저앉으셨다. 그때 벌에 쏘인 나를 업고 주인집으로 달려가 된장을 얻어 발라 주시던 모습이 생생하게 떠올랐다. 배 하나 사 먹을 돈이 없어서 배를 모두 수확하기를 기다렸다가 떨어진 이삭을 주워 먹던 그때가 주마등처럼 스쳐 지나갔다.

내년부터는 농사를 지을 수 없기 때문에 고향의 가을은 올해로 마지막이었다. 철길 아래쪽 논에는 벼를 모두 베어 세워 놓았다. 어머니는 뒷짐을 지고 걸어가면서 깊은 생각에 잠기셨다. 어쩌면 오늘 이 길이 마지막이라고 생각을 하시는 것 같았다.

"엄니, 이젠 집에 갑시다."

"사진 많이 찍었냐? 내가 죽거들랑 내 사진은 모두 태워 버려."

아직도 어머니가 사용하시던 물건을 차마 못 버리고 있다.

"왜요?"

"그건 알아서 뭘 해."

"난 엄니 사진뿐 아니라 엄니가 쓰던 걸 하나도 못 버리우."

"넌 그래서 걱정이야. 그게 돈 되는 일이냐?"

"돈이 되고 안 되는 건 상관없우."

"그럼 평생 껴안고 살 거냐? 이놈아, 좀 약게 살아라. 돈 되는 건 다 빼앗기고 버리는 것만 골라서 잘 살겠다."

동녘마을 지나 염전으로 가는 다리는 벌써 끊어졌다. 방산을 지나 뱀내장터로 가는 꼬부랑길 옆으로는 나문재가 붉게 물들어 말라 가고 있었다. 이 길은 모두 어머니의 고행길이었다. 나는 이 길을 걸으며 몇 번이고 어머니를 불러 보았다.

배꽃이 피면 한 폭의 수채화 같다.

사계절 모두 내겐 어머니의 실크로드가 살아 있는 길처럼 느껴진다.
이 길 위에서 사진을 찍다 보면 어머니가 내 옆에 계시는 것만 같다.

마음을 비우니

　　우리 집은 땅이 많은 탓에 개발 보상비가 당연히 많았다. 자식들 몫을 나눠 주고도 어머니 앞으로 나온 보상비도 액수가 컸다. 어머니는 그 많은 돈이 들어 있는 통장을 내게 건네주면서 잘 보관하라고 하셨다. 생전 처음 많은 돈이 들어 있는 통장을 받고 보니 오히려 불안하고 겁이 났다.

　　어머니는 작든 크든 신세를 진 분들을 불러서 적지 않은 돈을 주면서 감사함을 전했다. 평소에는 십 원짜리 동전 하나라도 아끼던 어머니였기에 의외였다.

　　자식들은 제각각 법이 정해 준 몫을 찾아갔음에도 어머니 몫으로 나온 돈에 관심을 쏟았다. 오직 막내딸만 예외였다. 어머니와 나는 불안해서 잠을 잘 수가 없었다. 어머니는 심장병이 더 악화되셨다. 더욱이 어머니 통장을 갖고 있는 나에게 공격이 집중되었다. 그 돈을 모두 내가 차지할 거라는 의심 때문이었다. 결국 나는 그 돈을 단 한 푼도 써 보지 못하고 스트레스와 과로로 거리에서 쓰러져 경희의료원으로 실려 갔다.

　　나는 병실에서 어머니에게 전화를 드렸다. 강원도에 사진을 찍으러 왔기 때문에 한 달에서 두 달이 걸린다고 안심시켜 드렸다. 병원 측에서 길면 두 달 동안 치료를 받아야 한다는 소리를 들었기 때문이다. 통장은 내가 가져가서 모른다고 하시라는 말을 겨우 남기고 깊은 잠에 빠졌다. 하지만 나에게 연락이 안 되자 애꿎은 어머니에게 화살이 돌아갔다. 병원 생활 열흘이 지나면서 나는 많은 것을 느끼게 되었다. 병동에서 가끔씩 죽어 가는 사람과 식물인간이 되어 누워 있는 사람, 반신불수가 된 사람을 보면서 과연 무엇이 소중한가를 알게 된 것이다.

내가 병원에 누워 있는 이유는 돈 때문이었다. 보상금을 어머니가 어떻게 쓰든 모두 어머니가 알아서 할 일이건만 형제들의 욕심은 그나마 허락하지 않았다. 아무도 모르는 병원에 누워 있다고 해서 해결될 일이 아니라는 생각이 들었다. 나는 어머니에게 전화를 드렸다. 돈 때문에 나도 못 살고 어머니도 힘드니 예금 통장을 모두 큰아들에게 주시라고 했다.

두 달 동안 병원 생활을 하다 보니 사람이 그립고 파란 하늘이 보고 싶었다. 들로 산으로 뛰어다니며 사진 찍으러 다니던 그 시간이 가장 행복한 순간이었다는 것을 새삼스럽게 느끼게 되었다. 또 올 리 없는 사람을 무작정 기다리다가 밤을 꼬박 지새우는 날도 있었다. 그러면서 기다림이 얼마나 소중하고 아름다운 것인가를 절실히 깨닫게 되었다. 그래서 완치되지는 않았지만 두 달 가까운 병원 생활을 뒤로 하고 퇴원하기로 결심했다. 나는 퇴원하자마자 곧바로 동해바다로 향했다. 파도가 하얗게 밀려와 바위를 때렸다. 강릉 경포대 모래밭에 주저앉아 끝없는 바다를 향해 마음속에 꽉 차 있는 욕심을 모조리 집어던졌다. 그랬더니 마음이 한결 가볍고 그렇게 편할 수가 없었다. 고향집으로 돌아가는 차 안에서 콧노래가 절로 나왔다. 비록 병이 완치되지는 않았지만 훌훌 날아갈 것 같았다.

집에 도착하니 부모님과 우리 형제들이 살아온 토담집을 육중한 중장비가 거침없이 무너뜨리고 있었다. 나는 이 광경을 지켜보면서 아무리 참으려 해도 쏟아지는 눈물을 막을 수 없었다. 어머니는 병원으로 실려 가셨기 때문에 집이 헐리는 것을 보시지 못했다. 오히려 다행이라는 생각이 들었다. 평생 사용하던 항아리며 가재도

어머니가 신줏단지 모시듯 간직해 온 월남전 귀국박스.

구들이 무참하게 깨지고 찢겨 나갔다. 삽시간에 우리 집은 초토화가 되고 말았다.

월남전
귀국박스

육중한 포클레인이 백 년 가까이 살아온 우리 집을 단 한 시간 여 만에 초토화시켰다. 어디서 나왔는지 내가 월남전에 참전해 무사히 복무를 마치고 돌아왔을 때 어머니 앞으로 보내온 귀국박스가 멀쩡하게 세워져 있었다. 그간 어머니가 신줏단지 모시듯 창고 깊숙이 보관해 두셨던 것이다.

월남은 전투가 치열해서 많은 사상자가 난다는 기사가 종종 신문에 보도되었다. 당연히 부잣집 자식들은 안 가려고 온갖 꾀를 짜냈다. 그런데 나는 월남에 가겠다고 자원했다. 어차피 한 번은 죽는 인생, 어머니와 동생을 위해 지원을 결심하게 된 것이다. 그러나 번번이 퇴짜를 맞았다. 가면 죽을 텐데 왜 스스로 무덤을 파느냐는 것이었다. 다른 애들은 돈을 써 가면서 안 가려고 하는 판국에 머리가 돌아도 한참 돈 놈이라고 고참병이 윽박질렀다. 동생의 학자금을 마련해야 하고 어머니에게 좋은 옷 사 드리고 호강시켜 드리기 위해 꼭 가야 한다고 설득해도 소용이 없었다.

나는 외박을 신청해 상급부대를 찾아가 직접 지원서를 냈다. 꼭 가야만 하는 이유를 별도로 첨부해서 함께 제출했다. 다섯 번째의 월남 참전 도전이었다. 마침내 기다리고 기다리던 참전 명령이 내려왔다. 내심 그렇게 기쁠 수가 없었다. 그날 밤부대에서 회식을 마련했는데 울음바다가 되었다. 나도 군에 입대한 후 눈이 퉁퉁 붓도록 울어 본 건 처음이었다.

그 다음 날 오음리 훈련장으로 향했다. 집에는 일절 비밀로 했다. 그때만 해도 강원도 양구까지 면회를 오려면 꼬박 하루가 걸렸기에 어머니를 그곳까지 오시게 할 수는 없었다. 당시 군부대에서의 유일한 통신수단은 오직 편지뿐이었다. 편지를 보내 놓고 한 달을 기다려야 답장을 받아 볼 수 있었다.

강원도 오음리 산골짜기에서 칠 주간 고된 훈련을 마치고 부산항으로 출발하기 전에 면회가 허락되었다. 면회 온 부모들은 전장으로 떠나는 자식과 얼싸안고 울음바다를 만들었다. 나는 어머니에게 소식을 전하지 않았기 때문에 혼자 이 광경을 지켜보기만 했다. 그런 내가 불쌍했던지 여기저기 불려 다니면서 면회객들이 해 온 불고기며 닭고기를 실컷 얻어먹을 수 있었다.

부대에서 부산항으로 배를 타러 가기 전날 옷가지며 소모품을 집으로 보냈는데, 어머니는 내가 월남에 도착해서야 소포를 받아 들고 여러 날을 자리에서 일어나지 못하셨다는 소식을 동생이 편지로 전해 왔다.

함께 간 전우들 중 전투를 하다 중상을 입고 본국으로 후송되거나 전사한 병사가 한두 명이 아니었다.

월남에 온 지 일 년이 되면 귀국하게 되는데, 어느 병사건 박스 하나를 가져올 수 있었다. 그 박스에는 고작 해야 전투식량인 시레이션을 비롯해서 커피, 양담배 등이 들어 있었다.

이런 사연이 배어 있는 삼십 년 전의 귀국박스가 귀신처럼 멀쩡하게 서서 날 쳐다보고 있다는 사실이 더욱 나를 슬프게 했다.

"참 잘 찍었다"

        사진 찍으면 돈 든다고 그 흔한 사진 한 장 남기지 못한 아버지에 비하면 어머니는 조금 달랐다. 자식들이 용돈을 드리고 가는 날이면 어김없이 내 방으로 들어오셨다. 슬라이드 필름을 환등기에 비춰 보는 내게 가끔 참견도 하셨다. 어머니 사진을 찍고 글을 써서 좋은 책을 만들어 선물하겠다는 약속을 수없이 들어 오셨기에 어느 때는 엉뚱한 제의를 해오셨다.

    "괜히 딴 사람들 사진 찍지 말고 에미나 실컷 찍어. 속으로 다 네게 욕할 게 뻔해. 미친놈이라고."

    "난 엄니가 너무 불쌍해. 엄니가 장사 다니던 길이 앞으로 모두 없어질 것 같아서 부지런히 사진을 찍고 있는 중이야."

    "네 뜻은 안다만 돈 없으면 사람 취급을 못 받아. 형제들도 내가 잘살아야 형제지 다 소용없다는 걸 명심해."

    "엄니가 있잖우."

    "저런 철없는 놈. 에미가 죽지 않고 평생 널 봐 줄 줄 아냐."

    "난 엄니가 죽지 않을 거 같아."

"네가 이러니 내가 어떻게 편히 눈을 감겠냐."

"엄니, 이 사진 언제?"

"네가 찍은 게 맞냐?"

"그럼 누가 찍었겠우."

"참 잘 찍었다."

사진을 볼 줄 모르는 시골 노인네로 무시했던 내가 잘못이었다. 나는 어머니가 좋아하는 현철의 노래를 휘파람으로 멋지게 불렀다.

아버지 산소
가는 길

　　어머니는 아침부터 하얀 모시옷을 입고 아버지 산소로 가자고
하셨다. 어머니가 오늘은 평소 같지 않다는 생각이 들었다. 아버지가 세상을 떠나
신 후 단 한 번도 아버지가 보고 싶다는 표현을 한 적이 없으셨다. 그렇다고 오늘이
아버지 제삿날도 아닌데 왜 갑자기 아버지 산소를 가자고 하시는지 그 이유가 궁금
하면서도 걱정이 되었다.

　　아버지 산소로 향하는 차 안에서도 한마디 말씀이 없으셨다. 집 뒤에 있던 아버
지 산소는 개발로 인해 안성 종친 묘역으로 이장을 했기 때문에 승용차로도 두 시
간이 넘게 걸렸다. 차에서 내리자마자 어머니는 산소의 잡초를 뽑으셨다. 그러고
는 엎드려 울고 계셨다. 나는 울고 있는 어머니를 뵙기 민망스럽기도 하고, 한편으
로는 지금까지 참아 왔던 어머니의 서러움이 복받쳐 오른 거라는 생각이 들어 마
음이 아팠다.

　　집으로 돌아오는 차 안에서 어머니는 줄곧 차창 밖을 내다보셨다.

　　"아까 아버지가 보고 싶어서 울었지? 엄니가 설마 아버지가 보고 싶을 때가 있
을까 했는데, 이제 증명이 된 셈이네."

아버지 산소 앞에서 우시던 어머니 모습이 지금도 눈에 선하다.

"넌 괜한 데 신경 쓰지 말고 운전이나 똑바로 해. 에미와 함께 황천길 가지 말고."

"엄니가 이 세상에서 제일 갖고 싶은 게 뭐유?"

"왜, 네놈이 사 주려고?"

"그러니까 물어보는 게 아니우."

"난 네놈의 속을 훤히 들여다보고 있는데 새빨간 거짓말을 해."

"아니, 엄니가 점쟁이우?"

"네가 또 필름 떨어진 게 분명해."

어머니 말씀에 가슴이 철렁 내려앉았다. 정말 필름이 단 한 개도 남아 있지 않았기 때문이다. 어머니는 하얀 모시 치마 속에서 무언가 한참을 뒤적이더니 내게 구겨진 봉투를 건네주셨다.

"에미가 돈 줘서 필름 사 쓴다는 말을 아무한테도 하지 마. 이젠 나도 동네 사람들 보기 부끄럽다. 만나는 사람들마다 병관이는 돈 많이 벌어 오냐고 하는데, 이젠 거짓말하기도 지겨워."

어머니는 내게 종교요 신앙이었다. 사람들이 위로 받기 위해 혹은 원하는 소망을 빌기 위해 교회로 성당으로 절로 달려갈 때, 나는 어머니 가슴으로 달려갔다.

늘어진
하얀 젖가슴

어머니는 세상을 떠나기 삼 년 전부터 알 수 없는 병마에 시달리셨다. 낮이면 멀쩡하다가도 한밤중이면 열이 39도씩 올라가며 숨이 당장이라도 넘어갈 듯하셨다. 또 해가 떠오르면 언제 그랬냐는 듯 멀쩡해지셨다. 병원에 가서 수차례 진찰을 해도 별 이상이 발견되지 않아 형제들에게 입원 이야기는 꺼낼 수도 없었다. 애간장을 태우는 건 나뿐이라는 생각에 형제들과 아픈 어머니까지 원망을 했다. 어느 날 어머니가 며칠 밤을 뜬눈으로 새운 나를 부르셨다.

"얘야, 한 이 년만 내가 더 살면 안 되겠니?"

"그렇게 고생하면서 뭘 더 살고 싶다고 그러세요."

청력이 안 좋은 어머니와 함께 살다 보니 언제부턴가 내 목소리가 커져서 남이 들으면 어머니를 학대하는 걸로 오해할 수도 있는 고약한 말투가 되었다. 어머니는 내 말에 아무 말 없이 등을 돌리고 눕더니 훌쩍이셨다. 부모님 병치레 삼 년은커녕 일 년 만에 효자 없다는 말이 꼭 날 두고 한 것 같아 나 자신도 놀랐지만, 불쑥 나온 말에 어머니가 상처 받으신 거 같아 죄송스러웠다.

어머니는 언제부터인가 옷가지서부터 사용하던 물건들을 하나하나 없애셨다.

죽음을 대비하시는 것 같았다. 나는 그때마다 가슴이 미어졌다. 일곱이나 되는 자식을 낳아 남편도 없이 홀로 모두 그럴듯하게 키워서 재산도 부족하지 않게 나누어 주셨다. 그럼에도 불구하고 늙고 병들어 지쳐 있을 때 선뜻 당신 마음을 헤아려 주는 자식이 하나도 없었다.

여동생은 늦둥이로 태어나 병약하게 자랐건만 형제 중에서 제일 총명하고 마음이 천사같이 고와서 어머니가 끔찍이도 사랑하는 딸이었다. 어렵게 약국을 경영하면서도 좋다는 약은 모조리 어머니에게 갖다 드렸다. 평소엔 돈 주고 사 오는 것이면 무조건 물러 오라고 고래고래 소리 지르시던 어머니였으나 막내딸이 주는 약만큼은 덥석덥석 받으셨다. 난 그때마다 어머니와 한바탕 싸움을 했다.

"엄니는 딸이라고 재산도 물려주지 않더니 왜 동생이 가져오는 약은 모조리 받아 먹어요."

"야, 이놈아. 나도 좋은 약 먹고 오래 살려고 한다. 너나 잘해."

그러나 어머니는 딸이 가져온 약을 먹는 시늉만 하고는 차곡차곡 모아서 마을 아주머니들이 놀러 오면 딸 자랑을 침이 마르도록 하셨다. 약은 장롱 위에 감춰 놓았다가 화숙이네 도로 갖다줘서 팔라고 하셨다. 물론 동생은 유효기간이 지난 약은 모두 폐기처분하면서도 어머니에게 그 약을 모두 팔았다고 했다.

어느 날엔가 의식이 가물가물할 때 어머니는 내 손을 잡고 떨리는 목소리로 말씀하셨다.

"난 지금까지 살아오면서 이 세상에서 돈이 제일이라고 생각했다. 그러나 돈보다 더 소중한 게 무엇인지 널 지켜보면서 알게 되었다."

어머니 말씀은 끊어질 듯 가늘게 들려왔지만 포탄이 터지는 소리보다 더 강하게 내 가슴을 요동치게 했다.

내가 사진가로 세상에 알려지기 시작하면서부터 시골의 작은 집으로 신문 방송사 사람들이 뻔질나게 취재를 왔다. 그러다 보니 마을에서는 내가 대단한 사람이

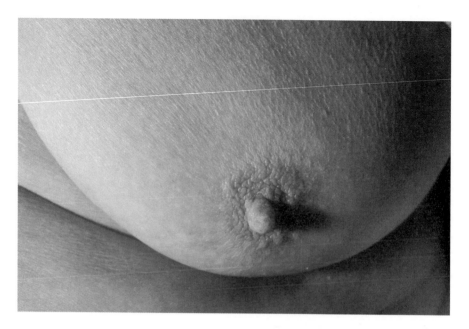

이 작고 하얀 가슴에 우리 칠 남매가 매달려 있었다.

된 줄로 알고는 어머니를 찾는 사람들이 부쩍 많아졌다. 어머니는 다 죽어 가다가도 동네 사람들이 몰려와 내 이야기를 물으면 벌떡 일어나 신명이 나서 내 칭찬을 끝없이 하셨다.

이 년 동안 몇 번의 죽을 고비를 넘기면서 비무장지대 사진 작업을 끝내고 나니 시골집은 취재기자들로 북적거렸다. 특히 2000년에는 일본의 NHK TV에서 대여섯 명이 일 년 가까이 취재하러 왔다. 게다가 콧대 높은 일본 사람들이 어머니께 깍듯이 인사를 할 때는 자세를 꼿꼿하게 하고 인사를 받으셨다. 그리고 일본말로 인사를 하셨다. 나는 한글도 모르는 어머니가 일본말을 어떻게 배웠는지 궁금했다.

특히 텔레비전에 내가 나오는 시간을 어떻게 아시고는 자식들에게는 물론이고 동네 사람들에게 일일이 전화를 해서 보라고 하셨다. 요즘 많이 나온다고 받기만 하시던 전화였는데, 화면에 잠깐 스쳐 가는 것임에도 내가 텔레비전에 나오는 날 우리 집 전화는 계속 통화중이었다.

동네 사람들이 모이는 자리에 어머니는 늘 참석하셨다. 사진에 미친 자식이 크게 성공을 했다는 말을 몇 백 번이고 듣고 싶어서였을 거라고 짐작했다. 카메라에 잡혀 어머니도 텔레비전에 잠깐 등장하실 때가 종종 있었다. 녹화가 끝나기 무섭게 채널을 이리저리 돌리셨다. 방영될 날이 한참 남았는데도 혹시나 해서 돌리시는 것이다.

"방송국에 전화해서 빨리 나오게 할 수는 없냐?"

"내일 우리 엄니만 특별히 빨리 보게 해 달라고 전화할 테니 그만 주무세요."

"에미와의 약속은 꼭 지켜."

"엄니, 그러지 말구 이참에 방송국을 통째로 삽시다."

"꽤 비쌀 텐데 팔기나 할지."

병원에는 죽어도 안 간다고 하셨지만 병세가 점점 악화되어 어머니는 결국 구급차에 실려 가셨다. 그 와중에도 내게 무엇인가 봉투를 건네주셨다. 봉투 속에는 은장도 한 개와 외할머니의 빛바랜 흑백사진 한 장, 어머니가 젊었을 때 집 뒤에서 찍은 흑백사진 한 장이 전부였다. 솔직히 나는 어머니가 몰래 저축해 온 통장을 건네주시는 걸로 착각했다.

어머니는 아버지가 돌아가신 후부터 나무 칼집에 들어 있는 작은 칼을 꼭 허리춤에 넣고 다니셨다. 어린 나는 그때만 해도 채소나 무 다듬는 칼로 알았다. 그리고 증명사진보다 조금 큰 외할머니의 흑백사진을 지갑에 보관하면서 가끔씩 꺼내 보셨다. 응급실로 향하는 구급차 안에서 오만 가지 생각이 떠올라 불안하기도 하고, 행여나 어머니가 이대로 돌아가시는 게 아닐까 하는 두려움이 몰려왔다.

응급실에서 일반 병실로 옮기시던 날, 형제들과는 의논 한마디 없이 입원비가 많이 나올 거라는 간호사의 말을 무시하고 개인 병실로 옮겼다. 며칠이 지난 뒤 정신

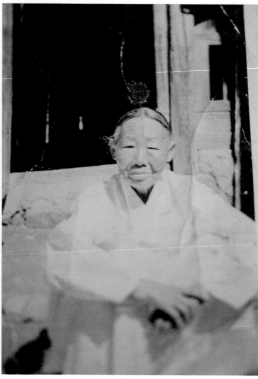

(좌) 젊은 시절의 어머니.
(우) 외할머니 얼굴에서 어머니와 내 얼굴이 겹쳐진다.

이 희미하게 돌아온 어머니는 당장 여럿이 쓰는 병실로 옮기자고 하셨다.

"오늘낼 죽을지 모르는데 무엇 때문에 이 비싼 방을 쓰냐, 넌 돈 무서운 줄 몰라 걱정이다."

어머니는 다 죽어 가다가도 돈 얘기만 나오면 산삼 드신 것처럼 힘이 솟구치셨다. 가까이 다가온 죽음 앞에서도 자식들에게 근검절약을 일깨워 주기 위함이라는 걸 알면서도, 그 험하고 모진 세월을 살아오신 것을 생각하면 불쌍하다는 생각을 넘어 오기가 치밀었다.

어머니는 몇 년을 병치레하면서도 한 번도 몸가짐에 흐트러짐이 없으셨다. 그러나 산소 호흡기에 의존하는 날이 길어지면서 결국 형제들이 번갈아 가면서 밤을 새며 대소변을 모두 받아 내게 되었다. 이 일은 모두 네 딸과 며느리 몫이었다. 그러나 병수발 한 달이 지나면서부터 딸들과 며느리 사이가 불편해지기 시작했다. 이 광경을 지켜보면서 내가 오늘 밤부터 병수발을 해야겠다 작정을 하고는 단단히 준비했다. 그러나 다짐과는 달리 첫날 밤부터 역겨워 구역질만 하다가 밖으로 뛰쳐나오기 일쑤였다.

어머니가 키워 주신 것처럼 난 왜 살뜰히 보살펴 드릴 수가 없단 말인가. 죽음 앞에 계신 어머니에게 무엇인들 못해 드릴까 생각해 보았지만 가죽만 남은 어머니의 알몸을 목욕시키고 대소변을 받아 낸다는 것은 여간 어려운 일이 아니었다.

그러던 중 희미한 형광 불빛 아래 살포시 드러난 어머니의 늘어진 하얀 젖가슴을 보는 순간 내가 불효막심한 자식이라는 생각이 태풍처럼 밀려왔다. 어머니의 늘어진 젖을 자식들이 악착스럽게 매달려 먹고 자랐으면서도 그 감사함을 지금껏 모르고 살아온 지난날이 후회스럽고 아주 못된 자식이라는 생각뿐이었다.

칠 남매 똥오줌을 한마디 불평 없이 모두 받아 내신 어머니가 아닌가. 천하에 못된 놈이라는 생각에 스스로 머리를 쥐어박았다. 그 이후로는 신기하게도 어머니의 대소변이 더럽다는 생각이 깨끗이 사라졌다. 생명의 샘물과도 같았던 하얀 젖가슴을 내려다보면서 바다보다 깊고 우주보다 더 큰 어머니의 사랑을 뼈저리게 느끼게 된 것이다. 다행히 어머니는 고비를 넘기고 퇴원해 다시 집으로 돌아오셨다.

못난 자식

　　　　　　장사 지내는 광경을 지켜보는 어머니를 사진에 담기 위해 어머니와 함께 공동묘지로 향했다. 공동묘지가 가까워질수록 죄송스럽기도 하고 후회가 밀려왔다. 어머니는 내가 예전에 동생의 영혼을 사진으로 담기 위해 미친 듯이 사진을 찍다 파출소로 끌려갔던 기억을 떠올리시는 것 같았다.

　　공동묘지로 향하는 영구차가 유난히 많은 날이었다. 공동묘지 한쪽에서는 시신을 묻을 구덩이를 파고 있었다. 하얀 천으로 칭칭 감은 시신을 땅에 묻는 광경을 지켜보는 어머니의 눈에 눈물이 고였다. 자신도 언젠가는 저런 모습으로 땅속에 묻히겠지 하는 생각을 하시는 것 같았다. 나는 그런 어머니를 바라보면서 한 손으로는 카메라 셔터를, 한 손으로는 흘러내리는 눈물을 훔쳐야 했다.

　　못된 자식이라는 생각이 자꾸만 들어 집으로 돌아오는 차 안에서 잘못을 빌었다.

　　"엄니, 죄송해요. 내가 사진에 미치긴 단단히 미쳤나 봐. 어머니가 슬퍼하시는 모습을 찍으려고 못 올 데로 모셔 왔으니."

　　"내가 왜 네 마음을 모르겠냐."

　　"그럼 엄니는 알고도 모른 체 따라오셨단 말이에요?"

좋은 사진을 찍고 싶다는 욕심에 어머니를 공동묘지까지 모시고 갔다.

아들 사진 작업을 도와주신다고 어머니는 묘 쓰는 곳까지 오는 걸 마다하지 않으셨다.

"네가 좋은 사진을 많이 찍어서 훌륭한 작가님이 되고 돈도 많이 벌 수 있다면 내가 무슨 일인들 못하겠냐."

나는 그날 밤 꽤나 많이 울었다. 좋은 사진을 찍겠다는 욕심에 어머니를 울리게 한 아주 못난 자식이라고 생각하니 더욱 눈물이 쏟아졌다.

"저승사자가
날 잡으러 왔다"

　　퇴원한 지 얼마 안 돼 어머니는 다시 상태가 안 좋아져 입원하셨다. 나는 밤이 되어서야 어머니가 입원해 계시는 병실을 찾았다. 정신이 멀쩡하다가도 갑자기 악화되어 사람을 알아보지 못하셨다. 그런데 신기하게도 내가 병실을 지키는 날은 말씀도 잘하시고 정신이 멀쩡하셨다.

　　어머니는 손짓으로 내게 앞으로 오라고 하셨다. 병실에는 어머니와 나뿐이었다. 참 이상한 꿈을 꾸었는데 아무에게도 말하지 말라고 하셨다. 나는 궁금해서 재빨리 어머니 곁으로 다가갔다.

　　"뿔 두 개가 난 시커먼 도깨비가 저승사자라고 하면서 날 잡으러 왔다고 쫓아오기에 신발을 벗고 한참을 도망쳤지. 개울을 건너니 꽃길이 나와서 뒤를 돌아보니 저승사자가 보이지 않아 끝없는 꽃길을 걸어갔어. 얼마를 걸어가니 앞에 책상을 하나 놓고 앉아 있는 사람이 장부를 보고 있어서 나도 그곳에 들어갈 수 있느냐고 물었지. 그랬더니 아직 이곳에 올 때가 안 되었대. 그러면 한 사람만 찾아 달라고 했더니 이름을 대라고 하더구나. 그래서 재빨리 농약 먹고 자살한 장로님 이름을 댔지. 한참 장부를 뒤적이더니 그분은 이곳에 올 수가 없다고 하길래 참 이상하다고 생각했지. 너도 잘 알다시피 교회 지으라고 땅도 내놓고 얼마나 좋은 일을 많이 하신 분인데, 왜 이렇게 아름다운 꽃동산에 들어갈 수 없을까 이상해서 몇 번을 물어봐도 이곳에는 없다는 거야."

어머니 말씀은 분명하고도 또렷했다. 한편으로는 신기하기도 하면서 무서운 생각이 들었다.

"엄니, 그래도 큰누나에게만큼은 말씀을 하셔야 되지 않겠어요?"

그 다음 날 어머니가 큰누님에게도 똑같은 말씀을 하시면 내게 하신 말씀을 믿을 수 있다는 생각에서였다. 말씀이 끝난 후 어머니는 깊은 잠에 빠지셨다. 나는 그 다음 날 저녁에 다시 병실에 찾아가 누님에게 물었다. 놀랍게도 누님에게 하신 말씀이 어젯밤 내게 하신 말씀과 일치했다. 나는 그래도 미심쩍어 어머니에게 다시 물었다.

어머니는 "네 마음을 난 다 알고 있지"라고 하면서 어제 말씀과 한 마디도 틀리지 않게 반복하셨다. 누님이 병원에 상주하는 수녀님과 교회 목사님께 말씀드렸더니 어머니가 천국에 다녀오셨으며 돌아가셔도 천국에 가실 거라고 했다. 평소에 어머니와 나는 일체 그런 말을 믿지 않았기에 나는 좀처럼 그 의문을 풀 수가 없었다. 내가 병원에 하루만 보이지 않아도 병관이놈은 죽었냐, 왜 안 오냐, 그놈은 에미가 당장 죽는데도 사진에 미쳐 돌아다니는 게 분명하다고 고래고래 소리를 지르셨다. 문병객들이 돈을 놓고 가면 언제 죽을지 모르는 어머니는 그 와중에도 꼭꼭 챙겨 침대 시트에 넣어 두셨다가 형제들이 모두 나간 틈에 내 손에 쥐어 주셨다.

"내 말 잘 들어. 남자는 나이가 먹을수록 혼자 살기 힘들어. 좋은 여자 만나서 남은 삶을 행복하게 살아. 돈 없는 남자를 좋아하는 여자는 없으니 얼마 되지 않는 보상비로 집이라도 한 칸 장만해서 오순도순 사는 걸 보고 싶은데, 에미는 이제 다 틀렸다."

"엄니가 죽어서도 나와 막내딸은 잘살게 해주시겠다고 약속했잖우."

"저런 철없는 놈. 죽어 가는 에미 말만 믿고 감나무 밑에서 입 벌리고 감 떨어지길 바랄 거냐?"

"어쨌거나 약속은 약속이잖우."

어머니의 숨소리가 점점 커지고 맥박소리는 작게 들려왔다. 그 와중에도 내 두 손을 꼭 잡고 들릴 듯 말 듯 말씀하셨다.

"내가 죽어서 땅속에 묻혀도 착한 너와 화숙이만큼은 잘되게 해 줄 것이다. 내가 죽으면 까치가 되어 네가 사는 집 창문 앞에 와서 울 것이다. 그 까치가 어미인 줄 알고 창문을 열어 놓거라."

나는 이 말씀을 듣고 화장실에 앉아 한참을 울었다. 자정이 넘어서 큰누님을 불렀다. 어머니는 끊어질 듯 작은 소리로 큰누님에게 백 원짜리 동전 한 개를 허리춤에 넣어 달라고 하셨다.

천국 가는 데도 여비가 든다더니 어머니가 여비를 달라고 하시는 거라고 생각했다. 큰누님이 울기 시작했다. 간호사가 부지런히 움직였다. 형제들에게 모두 연락했다. 그러나 자식들이 모두 오기도 전에 큰누님과 내 앞에서 숨을 거두시고 말았다. 꽃을 좋아하셨기 때문인지 온 세상에 꽃이 흐드러지게 핀 계절에 홀연히 하늘나라로 떠나셨다.

나는 어머니 가슴에 손을 넣었다. 따뜻했다. 그 온기는 두 시간이 지날 때까지 식지 않았다. 어머니 몸에서 온기가 모두 사라지자 그제서야 어머니와 내가 마지막 작별을 했다는 생각이 들었다. 얼마 후 어머니는 그 추운 냉동실로 들어가셨다.

어머니 사진을 이십 년이 넘도록 찍어 왔으나 차마 장삿날 땅속에 묻는 어머니 시신에까지 카메라를 댈 수가 없어서 다른 작가에게 부탁했다. 그러나 곰곰이 생각해 보니 오히려 어머니가 역정을 내실 것 같았다. 마지막 가시는 모습도 내 손으로 찍고 싶었다. 나는 카메라 가방을 챙겨서 어머니가 땅속에 묻히는 광경을 수없이 찍어댔다. 얼굴은 온통 땀과 눈물로 뒤범벅이 되었다. 예전 같으면 상주가 사진을 찍

살아서도 돌아가실 때도 어머니는 자식 걱정밖에 없으셨다.

고 있다는 것을 고향에서는 상상도 할 수 없는 일이었다. 그런데 누구 하나 이런 말
하는 사람이 없었으며 이상한 눈초리로 보지도 않았다.

　　어머니 시신을 돌관에 안장한 후 돌아가시기 이틀 전에 끝난 전시 도록을 관 속
에 넣어 드렸다. 전시 기간 중 내내 걱정을 했던 게 사실이었다. 악화되는 어머니 병
세 때문이 아니라 내 전시 기간 중에 돌아가시면 어떻게 하나 걱정한 것이다. 다행
이 어머니는 내 바람을 끝까지 지켜 주셨다.

　　어머니를 땅속에 묻은 다음 날이었다. 어렴풋이 까치 울음소리가 들려왔다. 꿈

이려니 생각했다. 그런데 창문 밖에서 까치가 요란하게 울고 있었다. '내가 죽으면 까치가 되어 네가 사는 집 창문 앞에 와서 울 것이다. 그 까치가 어미인 줄 알고 창문을 열어 놓거라.' 하신 말씀이 생각났다. 나는 어머니라고 생각하고 창문을 모두 열었다. 까치는 한참을 울다가 어디로 날아갔다.

요즘도 까치가 울면 차를 세우고 혹 어머니가 아닐까 하고 까치를 바라본다. 생전의 어머니 말씀대로 까치를 마음으로 바라보니 정말 어머니와 같다는 생각이 들었다. 어머니의 형체는 사라졌어도 그 영혼만큼은 영원히 내 곁에 남아 계실 거라는 믿음을 떨쳐 버릴 수가 없다.

'어머니, 사랑하고 감사합니다. 못난 자식을 용서해 주세요.'

우리들의 어머니가 된 이후, 어머니는 늘 길 위에 서 계셨다.
그 길 끝에는 어머니만을 바라보는 자식들이 있어 결코 멈출 수 없으셨는지도 모르겠다.

"내가 죽으면 까치가 되어 네가 사는 집 창문 앞에 와서 울 것이다.

그 까치가 어미인 줄 알고 창문을 열어 놓거라."

어머니의 실크로드

세상에서 가장 눈물겹고 따뜻한 길

ⓒ 최병관, 2014

지은이 I 최병관
펴낸이 I 김종수
펴낸곳 I 도서출판 한울

편집책임 I 이교혜
편집 I 양선희

디자인가이드 I 이희영
표지·본문 디자인 I 이아란

초판 1쇄 인쇄 I 2013년 12월 24일
초판 1쇄 발행 I 2014년 1월 6일

주   소 I 413-756 경기도 파주시 광인사길 153 한울시소빌딩 3층
전   화 I 031-955-0655
팩   스 I 031-955-0656
홈페이지 I www.hanulbooks.co.kr
등록번호 I 제406-2003-000051호

Printed in Korea.
ISBN 978-89-460-4807-2 03810(양장)
ISBN 978-89-460-4808-9 03810(반양장)

*책값은 겉표지에 표시되어 있습니다.